Rachel Jardim

Os Anos 40
A ficção e o real de uma época

Prefácio
Franklin de Oliveira

Desenhos
João Guimarães Vieira

5ª edição

FVNALFA
EDIÇÕES

JOSÉ OLYMPIO
EDITORA

Copyright: © 1987 by Rachel Jardim

Direitos exclusivos para a língua portuguesa no Brasil
Copyright © by
FUNALFA Edições
Av. Rio Branco, 2236 • 36016-310 • Juiz de Fora • MG
(32) 3690 7033 • www.funalfa.art.br • funalfa@funalfa.art.br
ISBN: 85-88-60906-1

Editora José Olympio Ltda
Rua Argentina, 171 — 1º andar — São Cristóvão
20921-380 — Rio de Janeiro — República Federativa do Brasil
Tel.: (21) 2595-2060   Fax: (21) 2595-2087
ISBN: 85-03-00745-2

Capa: VICTOR BURTON
Foto de abertura Avenida Barão do Rio Branco, Juiz de Fora. Acervo Museu Maciano Procópio

---
        Jardim, Rachel, 1926 -
J37a   Os anos 40: a ficção e o real de uma época /
5. ed   Rachel Jardim; prefácio de Franklin de Oliveira;
        desenhos de João Guimarães Vieira. 5. ed. Juiz
        de Fora, FUNALFA: Rio de Janeiro, Editora José
        Olympio, 2003.

            ISBN 85-88-60906-1   CDD. 928.69
            ISBN 85-03-00745-2

        1. Autobiografias. 2. Literatura brasileira.
        I. Fundação Cultural Alfredo Ferreira Lage -
        FUNALFA. II. Título

Reservado todos os direitos. É proibida a duplicação ou
reprodução deste volume, ou de partes do mesmo,
sob quaisquer formas ou por quaisquer meios
(eletrônicos, mecânico, gravação, fotocópia, ou outros),
sem permissão expressa da Editora.

SUMÁRIO

Sentido e forma de *Os Anos 40*, 9

OS ANOS 40

Laura, 21
Os tios, 25
Tio Mário, 27
O filme, 29
Seu Bernardo, 30
O adultério, 32
A santa, 33
Lúcio, 34
Lugares, 35
A visita, 41
Greta Garbo, 43
A doença, 44
Sissa, 46
Os bens e o sangue, 49
Le pays pluvieux, 52
A herdeira, 54
Dona Anna Salles, 57
Guaratinguetá, 60
O presente, 64
Tio Orlando, 66
O cavalo, 68
Escândalos e noivados, 68
Tia Inaiá, 71
O pinheiro, 75
A volta, 76
O clube, 79
Un carnet de bal — Les enfants du paradis, 81
Mais tios, 82
O retiro, 86
A Odisséia, 89
Padre Saulo, 91

A Ação Católica, 94
Sexta-feira santa, 96
Tio Pedro, 98
Sarreguemines, 101
Convivência, 103
Seu Alu, 103
A Casa das Nossas Senhoras, 105
Belo Horizonte, 106
O banqueiro, 109
Murilo Mendes, 111
O casamento, 114
Edifício Miraí, 116
The Old Bridge at Florence, 117
Your hit parade, 120
Primos, 122
Guima, 128
Maria, 131
A casa, 133
Franklin, 136
Miraí, 137
Joaquim, 141
Bento, 144
Darel, 146
A Ponte de Waterloo — Brief Encounter, 149
Kalma, 151
Napoleão e Kalma, 153
O anjo, 155
Santa Rosa, 158
Our Hearts Were Warm and Gay, 159
Um homem do mundo, 163
Gérard Philipe, 165
Jean-Louis Barrault, 167
Maxim's, 168
A festa, 170
Luís, 174
Irmã Aglaé — Seu Leonel — a PUC, 175
Rachel, 177
O suicida, 178
Os anos 70, 184

À
memória de Roberto Studart.

A
Pedro Teixeira Soares Neto
homem de muita fé.

Este livro não foi escrito por uma mulher em plena madureza. É a "fala" de uma mocinha da província nos anos 40. Assim deve ser entendido.

Rachel Jardim

SENTIDO E FORMA DE
OS ANOS 40

Em Niebla, *de Unamuno, o prefácio é assinado por Victor Goti, um dos personagens do romance desse espanhol explosivamente hispânico que incorporou o sol à noite de sua visão agônica do mundo. Instalo-me na mesma situação de Victor Goti ao escrever esta nota sobre* Os Anos 40, *confiando vagamente que o meu texto não provoque réplica da Autora, como aconteceu em* Niebla. *Consigno ao fino senso de humor de Rachel Jardim as razões de minha esperança que, por igual, se respalda no direito universal da criatura rebelar-se contra o criador.*

Tratando-se de livro de sutil mineira, ajusta-se dizer que Os Anos 40 *tem, como o diamante após a lapidação, o poder de refletir todas as cores que o rodeiam, além do poder de emitir luz. Ao assinalar a qualidade diamantária de* Os Anos 40 *marco também clara posição frente aos que acaso nele encontrarem alguma imperfeição. Os que sabem de mineralogia sabem que, apesar de ser a mais valiosa das gemas, não há brilhante inconsutilmente perfeito. E não é sem propósito definido, que neste trecho de minha parca prosa, aparece o adjetivo valioso. Empregando-o em relação a uma coisa, refiro-me simultaneamente a outra. É que* Os Anos 40, *inobstante a translúcida singeleza de sua linguagem — a Autora reconstitui o tempo de sua infância e adolescência através de um estilo que procura intencionalmente manter a simplicidade de uma fala menininha —, é livro que nasceu carregado de compacta densidade, intensa densidade: livro arrancado desde de dentro, escrito com sangue que se vai transformando em espírito. Apesar de sua absoluta despretensão, há nele uma espessura que lhe advém da circunstância de ser narrativa de uma aventura axiológica — conta a pungente história de um ser desde a solitária infância empenhado numa incessante e macerada procura de valores. A sua matéria é a busca do valioso; em suas páginas pulsa aquela "vontade para os valores", que os alemães chamam belamente de* Wille zum Wert. *Traçando perfis, desenhando situações, fixando conflitos, Rachel Jardim não o faz pelo gosto de revolver raízes, mas pela obsessão de defrontar-se, nos seres e nas coisas, com a lei da beleza que deveria governar as relações humanas. E eis o que mais singulariza e individua na literatura confessional brasileira* Os Anos 40, *renovadoramente inserido no contexto de uma memorialística onde a reconstituição da existência humana, o desenterrar suas raízes jamais ultrapassa os tênues limites da relembrança, e a própria saudade não atinge a dimensão ontológica que permite ao homem desvendar a sua essência e penetrar o desnudo mistério da vida.*

Rachel Jardim não abre túmulos — aqueles em

que jazem os mortos e os em que estão sepultados os vivos — senão para indagar pelo sentido da existência, perguntar pela posição do homem no universo, inquirir o seu destino: interrogações subjacentes em suas páginas, neste livro moderníssimo — e eis outra singularidade de Os Anos 40 — *que nos recoloca diante de problemas remotíssimos, como o da evanescência de todas as coisas, a impermanência do que mais amamos, o viver desvivendo, a separação e a despedida como morte incrustada na vida, a incomunicabilidade, o desencontro, o não existir o um-para-o-outro, o ser-com-o-outro, a visão do homem como ente deficitário* (Maengelwessen), *a ausência do mundo compartilhado, o tempo como presentificação da morte, a nostalgia como condição mesma da consciência humana, o mistério da dor, do sofrimento, o silêncio da morte. Livro que ao ser lido assalta-nos a impressão de que escrito sob o signo da oitava* Elegia de Duíno (Assim vivemos sempre nos despedindo...); *outras vezes, sob a inspiração de* Georg Trakl (Estarrecedora é a destruição da estirpe...); *e outras vezes ainda, sob o império do canto de Hoelderlin pelo retorno à terra natal. Temas tremendos, pensados poematicamente, através de uma poematização que vai para além das formulações filosóficas, porque enunciados na linguagem do cotidiano, num quase coloquial: ditos obliquamente, mais insinuados do que sentenciados. Um desses problemas, expostos pelo contido dizer poético de Rachel Jardim, e que permeia todo* Os Anos 40, *é aquele que foi o tema por excelência de Corneille: o das pessoas que são vítimas de seu próprio passado — a tragédia da irresolução —* O rigoureux combat d'un coeur irrésolu!

Todos esses temas confluem para a escura questão

do bloqueio humano. Rachel Jardim o situa num espaço e num tempo: o espaço de um mundo fechado, e um tempo de vigência de contravalores repressivos. Cristaliza a ambos num conceito: o da mineiridade. Presente em todo o livro como fonte da existência conflitiva, território de tensões polares, em que a vida se distende e contrai entre sístole e diástole, sincresis e diacresis, atração e repulsão, inspirar e expirar: a ambigüidade insuperável, as sofridas ambivalências. É que Rachel Jardim, consoante já foi observado, teria elevado a mineiridade ao nível de categoria filosófica. Creio que procede a observação de Galeno de Freitas. Se a Autora tivesse lidado com a mineiridade, não como categoria filosófica, mas como dado sociológico, teria evitado o terrível fatalismo que perpassa a frase final de Os Anos 40.

A consciência historicista, permitindo-nos decifrar o enigma psicológico da mineiridade, fixado neste livro, mas não delucidado, criaria outra perspectiva, não só mais concordante com a natureza libertária da Arte, como, também, conseqüente e necessariamente, mais congruente com o entendimento humanístico da vida. É olhar o processo de formação social de Minas. Ela nasceu sob o signo da violência. Primeiro, foi o Losango do Ouro, a que se seguiu o universo do diamante, distendido desde o Serro Frio, a antiga Vila do Príncipe, até o Arraial do Tijuco. A descoberta das minas promove colossal afluxo humano para a Transmantiqueira. Nessa sociedade que se forma aluvionalmente, irrompe uma crise de dissolução da moral dominante, crise expressa não só na corrida para a riqueza, como numa gloriosa vertigem trepatória. Viola-se o ventre da terra, arrancando ouro de seu útero, e abrem-se as pernas das mulheres, para a sensual forjatura que enriqueceu a moreneza brasileira. Paralelamente prorrompe, como forma compensatória do delírio erótico, uma explosão mística, que se vai espelhar no barroco, com a sua numerosa teoria de tempos. Exaltação dionisíaca da carne, que conserva e multiplica a vida; a fremência de Deus, para remissão da consciência culposa. A corrida para a mineração gerara uma economia de subsistência, no rastro da qual sucedem-se as epidemias de fome. Mas aquela permissividade sexual pagã não removera os preconceitos raciais e de casta, que sufocavam os humanos. Pelo contrário, o seu vigor imperante é tão discriminatório que se projeta na construção das próprias igrejas, cada qual destinada a uma etnia e, dentro das igrejas, nos próprios altares, distribuídos conforme os estoques étnicos: o do santo dos brancos; o do santo dos negros; o do santo dos mulatos. Também assim se constituem as Ordens Terceiras e as Irmandades. Portugal, para alimentar a megalomania de Dom João V — Mafra, Patriarcal, Aqueduto das Águas Livres, Hospital das Caldas da Rainha e a compra do título, para o rei, de Fidelíssimo — e, depois, sob Dom José I e Pombal, para a reconstrução de Lisboa, arrocha a opressão fiscal, através de uma legislação implacável, que os prepostos do reino executam não menos inexoravelmente. À brutalidade da tirania econômica alia-se a insanidade da opressão política. Impera a insegurança. Abre-se o ciclo das rebeliões, que culmina na Inconfidência. Selvagem é a repressão. Institucionaliza-se o terror. Oficializa-se o medo. Instaura-se o clima das delações. O espectro punitivo ronda a civilização mineratória. Na área do Distrito Diamantino, o Livro da

Capa Verde *contraponteia com o despotismo instalado no Losango do Ouro. Sob o trauma da Inconfidência, que deflaga o terror por mais de dois decênios, dá-se a grande diáspora. Os mineradores, acossados pela miséria, a fome e a intolerância política, adernam na transumância. É este gigantesco êxodo rumo às terras agricultáveis e de pastoreio, às beiradas dos geralistas, que cria Minas Gerais contemporânea. E é a matriz do complexo psicológico da mineiridade. Do terror do fisco e medos conexos, veio a ideologia da segurança, que se manifesta na nevrose do entesouramento, de onde surge a mentalidade bancária e, ao seu lado, como prática de conservação da fortuna e do status social, o recurso aos casamentos consangüíneos, de onde dizer-se, neste livro, que a família mineira é incestuosa. Surge uma sociedade altamente hierarquizada, com o seu código de que o parecer tem prevalência sobre o ser. Dele deriva o farisaísmo, a começar pela escamoteação dos valores eróticos, insulados na noção de pecado, mas assumidos em discrição. E deriva também uma pedagogia com base na concepção da família autoritária. A polidez disfarça a hipocrisia. Surge até uma espécie de tartufismo idiomático, que se cristaliza na língua do* uai. *Ocorre, em síntese, um processo de internalização que interioriza os resíduos de uma fase histórica marcada pelo terror e a insegurança. Poderia escapar desta pesada herança, a família? Não, porque ela é produto histórico de uma constelação social definida, além de que montada para criar uma estrutura de caráter adrede condicionada para sustentar a ordem política que a institucionaliza.*

Se não se introduz um distinguo entre categoria filosófica e dado sociológico na conceituação da minei-

ridade, o risco que se paga é o da queda numa visão niilista da vida, no sulco da qual seremos induzidos a considerar como característica permanente da condição humana o que é apenas removível condicionamento social.

Nem sempre temos consciência clara das causas que degradam a existência humana, das forças que frustram nosso afã de viver em beleza, existir em harmonia com tudo quanto constitui a moldura de nossas vidas. A ausência ou as carências de um lúcido posicionamento filosófico privam-nos dessa clareza essencial, este saber ver e discernir. Mas, já é bom começo o inconformismo, desde que não nos lance no rol dos rebeldes sem causa. História de um dorido inconformismo é a que nos dá este Os Anos 40, *com a sua denúncia de uma estratégia educacional que gera seres humanos incompletos e vidas inapelavelmente condenadas à frustração, impiedosa fábrica de ilusões perdidas. E não é substancialmente diferente o* hoje *das gerações atuais, do* ontem, *de Rachel Jardim. O confronto entre esses dois tempos geracionais confere a este livro mais um motivo, a justificar o seu envolvente interesse humano. Se a sociedade dos anos 60 e 70 assumiu um caráter mais permissivo, substantivamente continuou a mesma: não se modificaram as suas bases. Ela consentiu na emergência de uma ideologia do desfrute, porque reconheceu o caráter alienante e escapista dessa ideologia. Nem a minissaia ou a frente-única ou a franquia sexual ameaçam os seus fundamentos, nem a contestação orientada no sentido de um naturismo manipulado. Em tal protesto há mesmo regressão — e não é por acaso que ele se inspira no solipsismo de certas filosofias orientais. Concorrem, por parado-*

xal que pareça, para os mesmos objetivos alienantes, tanto a moral que ontem reprimia o sexo, quanto a descoberta do corpo que, perdendo o seu significado real leva o erotismo a virar artigo de consumo. E que as relações amorosas, como todas as demais relações humanas, são indissociáveis das formas pelas quais se estrutura a sociedade. Eis por que hoje não é menor o número de psicastênicos, do que nos idos de 40. A confrontação entre aquela década e o nosso aqui e agora, mostra como o problema do sentido da vida continua insoluto.

Como testemunho de uma época, decisiva para a evolução do mundo — queda do Terceiro Reich, socialização da Europa central, emergência da China de Mao Tsé-tung, aparecimento do Terceiro Mundo, etc. — e, no Brasil, esboroamento do Estado Novo, início da revolução estética de João Guimarães Rosa —, o livro não cobre todas as áreas em que a década deixou sua marca. À visão global do decênio, Rachel Jardim impôs um corte e uma delimitação, certa de que o universo concentracionário situado em Juiz de Fora e os primeiros passos no Rio dariam, com todo o seu frêmito dramático, o close dos anos 40, flagrantizado pela câmera de que dispunha: o livro usa linguagem cinemática, centrada em bela plasticidade: é constituído de flashes, mais do que de capítulos. Livro perturbador: parece idílico, e é vulcânico. Rachel Jardim trata a violência mozartianamente. O livro é escrito simultaneamente em dois idiomas — um, que desnuda, e outro, que oculta; um que enuncia, outro que apenas sugere; um que expõe, outro que insinua. É livro para ler nas linhas e entrelinhas. Subdiz mais do que diz.

Confessa Antonio Carlos Villaça que Os Anos

40 *fê-lo recordar certas páginas das longas memórias de Simone de Beauvoir. De mim para comigo mesmo, penso que o livro de Rachel Jardim está muito mais próximo da* Lettre au Greco, *odisséia íntima deste que foi um dos maiores espíritos do século XX — Nikos Kazantzakis. Não se trata sequer remotamente de influência, mas de afinidade eletiva, a profunda identidade que cria as famílias espirituais. De Juiz de Fora, por exemplo, pode-se dizer que desempenha o papel de Combray ou Balbec, em* Os Anos 40. *Em mim, o território poético de Rachel Jardim está mais perto da Creta, de Kazantzakis. É que, talvez, a unir a escritora brasileira e o escritor neo-helênico haja a ponte que vem de* A Ilíada *que, com o destino de Heitor, mostra-nos como o homem derrotado é que tinha razão e, por isto, ele é — acentua Lukács — o verdadeiro herói. Pensando na grandeza desta lição, avaliaremos melhor a enorme mensagem humana que nos traz o emocionado e comovente livro de Rachel Jardim.*

Rio de Janeiro, 9 de abril de 1973.

Franklin de Oliveira

OS ANOS 40

LAURA

Laura casou em Ouro Preto. A estrada, serpenteando entre as montanhas, era por demais árida para o nosso Packard 37. Chegamos de carona, estremunhadas. A cidade tinha um ar de mistério denso, assim no meio da noite. Algumas casas com luzes acesas — que estaria acontecendo? Morte, nascimento? Algo de crime, estranho, terrível, perpassava no ar. Comentei com Kalma — os inconfidentes estão soltos. Que cidade trágica! Hoje, teria dito: que ótima atmosfera para um filme de Visconti... Mas estávamos na década dos 40.

Eu me lembro do meu vestido rosa, de saia rodada e do vestido de tafetá preto de Kalma. Laura deu uma noiva linda, olhos azuis, cabelos pretos. Comovi-me até as lágrimas ao vê-la entrar. Quanta coisa por detrás de tudo isso! Começava ou terminava, na igreja mineira, em meio àquela pompa sem pompa, tão típica da nossa gente?

Nós fomos mocinhas juntas. Havia um contraparentesco e forte relacionamento de famílias. Um sentimento caracterizava aquela raça, para mim tão forte, tão peculiar e que marcou tanto a minha vida: a religiosidade. Uma religião com refinamento, polida, bem educada, fanática, debaixo de sua capa de polidez. Família mineira tão típica — a contenção, o quase ascetismo, a sobriedade. A sensualidade e a luxúria encobertas. Às vezes pensava — todos se casam com parentes para conservar os bens ou por causa dessa sensualidade latente, quase incontrolável no contato dos primos (tantos!...) e até de parentes mais próximos? Um dia pensei — a família típica mineira é sempre incestuosa. E era um pensamento precoce para os meus inocentes dezesseis anos.

Laura era mística, eu era mística. Entretanto, procurávamos. Ela percebia a secura, a falsa humildade daquelas pessoas. Eram uma casta e tinham nas mãos, sob o seu controle, esse mundo e o outro. Eu, sempre torturada. Sempre atrás de Deus. Aquele que me ofereciam era inaceitável, não obstante amá-lo. Amava-o com todos os seus defeitos, sua ira, sua parcialidade, sua falta de senso de justiça. Buscava agradá-lo mas sabia, no fundo, que ele não existia e isso me enchia de pânico. E Jesus, pobre coitado, cercado de toda aquela gente, mantilhas pretas, comunhão diária, gula ascética, coração durinho: Jesus, sonho da minha infância, como encontrá-lo?

Nós conversávamos, Laura e eu. Andando a cavalo, nos jogos de tênis, rodando de carro pelas estradas vizinhas, no quarto, pelas madrugadas.

Leituras — André Gide, *Jean Christophe, Niels Lyenne*. Meu Deus, tão impregnada ficou a cidade de nossas angústias esparsas, sonho, senso de irreali-

dade, tudo muito Jean Cocteau, *La Belle et la Bête, Orphée, Les Visiteurs du Soir*... *Les neiges d'antan — oú sont-elles?*...

Laura dizia — eu não caso com primo. E casou. Ele era um produto da família — o puritanismo encobrindo a sensualidade, a "esposa submissa" como ideal. Que o fez procurar Laura, tão diferente das outras? Ele não aceitava. Ela também não. Entrechocaram-se durante dez anos. Ela chorava nas fraldas dos sobrinhos (em número sempre crescente...), empilhando-as ao lado da cama. A gente consolava. Ele não gostava de nós, as amigas. As amigas eram sempre terríveis, outra norma da família mineira. Que luta surda entre os dois, às vezes declarada, que amor tão grande!
Imagens de nossas vidas adolescentes: nós tínhamos saído de carro, com a Flávia. A irmã de Flávia não era casada. "Que gente!" Flávia jogava tênis conosco. No caminho, surgiu o sítio da irmã. Entramos — café, banho de cachoeira, pleno verão, fim de tarde. Ao regressar, contamos a verdade. "Vocês perderam o senso?", dizia tio Mário. "O importante não é só *ser* direita, *é parecer* direita..." Parecer direita. Era a frase-chave. Todas aquelas vidas plasmadas por ela. Nossas vidas plasmadas por ela. No fundo, o ser não importava muito. Ninguém sabia o que significava. Ser, que significava? Que queria dizer? Ser, morreram todos, de enfarte, de gordura, de velhice. Ser. E agora?

OS TIOS

Eram tantos!... Tia Buducha fora casada com Sinhô. Magro, elegante, polido. Ela era gorda e lânguida. Vivia deitada, comendo, duas mucamas sempre a postos, meio eunucas. Mimada. Diziam que tinha sido linda e ainda se comportava como se fosse.

Contava estórias sobre vovó Siana, filha de visconde, que tinha ficado pobre, viúva com treze filhos e morava numa casa grande, com móveis antigos — reminiscência da riqueza perdida. Seria lenda, imaginação da minha infância, ou o fato existira mesmo — vovó Siana fugindo da fazenda do visconde, amamentando tio Pedro (também um gordo), num ataque de loucura, por ver um escravo açoitado no tronco? Fixei-me em vovó deitada na cama, no quarto enorme, uma lamparina vermelha sempre acesa no oratório. Seu rosto era frio quando me ergueram para beijá-la no caixão. O resto, só conheci através dos casos, intermináveis, que as tias contavam. Usava véus no rosto. Chapéus? Acho que sim. Luvas, sempre.

Tia Buducha falava, constantemente deitada e constantemente comendo: as tias trabalham no chatô. Era assim chamada uma espécie de senzala, existente no fundo da casa, atrás de um pátio. Costuravam, bordavam, ensinavam. Ela ensinava pintura. Os quadros... alumbraram a minha infância! Eram cegonhas, margeando rios ao poente, em regiões estranhas, jamais vistas. E gatinhos (muitos), brincando com novelos. Engraçado — as cegonhas e os gatinhos eram *tão* ela! O romantismo das primeiras, a sensualidade dos segundos.

Minha tia mais velha, Henriqueta, se casara assim: um jovem alemão, engenheiro, fora dar no chatô, entrando sem querer pela porta dos fundos da casa, para falar com meu tio. Encontrara Henriqueta descabelada, mexendo um tacho de goiabada. Apaixonara-se na hora. Casaram-se e fundaram um colégio, depois famoso.

Tia Buducha conhecera Sinhô, filho de governador, em Belo Horizonte. Contava detalhes da paixão que inspirara, sempre suspirando. Nunca falava na doença dele, na loucura que depois o acometera. Não falava também da lenda que corria sobre o espantoso fato de que tio Sinhô, apaixonado por uma bailarina de circo quando jovem, submetera-se aos caprichos da amada deixando-se atirar por um canhão, a metros de distância, num número chamado "a bala humana", o que revelava, precocemente, certa audácia exagerada. Posso ver ainda tio Sinhô, rindo sem nexo, pulando as janelas que davam do pátio para os quartos, em casa da vovó. Lembro-me bem do domingo, quando papai e tio Mário o levaram de carro para interná-lo no hospício. Ele ia manso, sem desconfiar de nada, sentado no banco de trás. ("Il portait l'habit de dimanche"... Trinta anos depois, ao ouvir a música em Paris; lembrei-me, estranhamente, de tio Sinhô indo para o hospício.)

Pobre tia Buducha, tão odalisca, com seus casos românticos, suas mãos gordas, seus anéis. Tão pueril. Ouvíamos, Laura e eu. Sentávamos ao lado da cama, comendo bombons. Estórias de languidez amorosa, de desfalecimentos, desmaios conjugais. Que sabíamos nós? Eram estórias de sexo, afinal. Tão pouco que falava no assunto — era tudo meio difuso, absolutamente destituído de crueza. Primeira noite do casamento — fantasiava-se em torno. Tia Buducha aconselhava paciência. "Com o tempo, a gente acaba achando ótimo." E comia doces, languidamente. Engraçado — nós líamos, conhecíamos coisas. E tão pouco sabíamos.

Amor, procurávamos, nos longes, atrás das montanhas, vindo dos céus. Amor — tia Buducha. Mas eu me lembrava do tio Sinhô louco, pulando as janelas.

TIO MÁRIO

Era casado com tia Edith, irmã de mamãe, e primo do pai de Laura. Tia Edith falava grosso, tão dominadora e mandona como ninguém. Não tinha filhos e mandava nas sobrinhas. Onde fora buscar aquela largueza, aquela independência de espírito, tão diferente do resto da família? Apesar disso, vigiava as sobrinhas. Dançar muitas vezes com o mesmo par, "não ficava bem". Tia Edith atravessava o salão e interpelava o par.

Tio Mário foi a pessoa mais gentil que conheci. Muito diferente de tia Edith, com as suas sutilezas, seus requintes quase imperceptíveis de boa educação. Nunca vi ninguém partir fatias de queijo tão finas e, durante muitos anos, pensei que aquilo fosse a prova máxima de boa educação.

Tinha um irmão e uma irmã surdos-mudos, resultado daquela constante casação em família, Vítor e Dagmar. Todos falavam com as mãos e era uma estranha forma de comunicação. Pobre Vítor, tão alegre, seus olhos azuis maliciosos, sua ânsia de viver. Nunca se casou, nem ele, nem Dagmar.

Tio Mário levava uma vida que sempre me fascinou. De manhã, ia à missa, ali, na igreja de São Sebastião. Comungava. Quando eu passava tempos em sua casa, adorava aquele café da manhã tomado com ele e tia Edith, depois da missa. Almoçávamos às onze horas e jantávamos às seis. Jogávamos gamão depois do jantar. Costumava me levar chá na cama. Viveu assim todo o seu tempo. Metódico, arrumado, os papéis guardados com fitas, separados por assunto. Nunca o vi falar alto. Quando se emocionava, passava mal e volta e meia aquela exuberância de tia Edith o assustava. Colocava biscoitos dentro de latinhas para mim, na mesa de cabeceira. Às vezes desenhava meu monograma com balas, em cima da cama.

Nunca tive coragem de discutir com tio Mário. Tinha pavor de magoá-lo. Ninguém nunca me tratou tão bem, me mimou tanto.

Depois que teve seu primeiro enfarte, costumávamos andar juntos de manhã, pela cidade. Ele estava certo da outra vida e se preparava para ela. Nunca lhe falei das minhas inquietações, das minhas dúvidas, da fé perdida. Dava-me São Paulo para ler, a *Epístola aos Coríntios*. Não lhe disse o quanto me desagradava o apóstolo, sua estreiteza moral, repúdio ao sexo, sua falta de senso de humor.

Morreu sem conhecer meu marido, meus filhos; casei sem que estivesse presente. Ficou foi na infância e nos anos 40, conversando com o pai de Laura, na sala de jantar, me dando a chave da casa, para sair de noite.

Pediu a Eugênia que me desse umas "aulas". Eugênia solteira, tão freira, ar macerado. O avesso de tia Buducha, toda repressão. Sexo, era a constante. Dos deveres da mulher para com o marido (São Paulo). Da importância da castidade (mais uma vez São Paulo). Um dia, na conversa, apareceu uma estória de "fazer sexo diante do espelho", o que era terrivelmente pecaminoso. Laura e eu ríamos depois, juntas. Laura dizia: "Como é que você agüenta a Eugênia?" Eu agüentava, circunspecta. A sensualidade às avessas, a voluptuosidade do ascetismo, a consumação interior. As aulas de Eugênia eram uma *educação*. Eu aprendia o que não era dito.

Tio Mário, vida limpa, objetos limpos, ordenação interior. Sua intransigência era gentil, seu rigor acabava se transformando em mansidão, o fanatismo em polidez.

Passo pela sua casa, meu quarto, a janela dando para o quintal lodoso, a sala de jantar. Viveu no tempo certo, na casa certa, na cidade certa. Viveu certo.

O FILME

O Morro dos Ventos Uivantes — "o seu cabelo não cheira a urzes"... A chegada em casa depois do filme, visto na matinê do Cinema Central. Não jantei, fui para o quarto. Fechei a porta e deitei na cama. Era junho e fazia frio. Ventava na janela — Heathcliff, Heathcliff!... Um medo fino percorria-me a espinha. Pela noite adentro vivi a atmosfera do filme, o rosto de Cathy parado na vidraça.

A vida era mais imaginada do que vivida. Não havia sofreguidão em viver. Havia espera. O ritmo era lento. Um dia me perguntaram — o que vocês faziam em Juiz de Fora, naquela época? Esperávamos. E nessa espera, fora e dentro de nós, as coisas aconteciam.

SEU BERNARDO

Seu Bernardo era pai de Laura. Foi o homem mais bonito que já vi. Inseparável de tio Mário, primos, tão semelhantes por dentro. Mais ascético, mais torturado. Voltado para a morte, para o dever, reagindo tanto aos prazeres, sobretudo aos da carne aos quais, eu sabia, era sensível.

Casado com Dona Carolina, uma mulher vital, engraçada. Alta, parecia uma rainha viking — de onde tinham vindo aqueles olhos azuis nórdicos? Dona Carolina, estranhamente, era amiga de tia Buducha. Creio que encontrava nela a compensação para a aridez do Seu Bernardo.

Tinha nascido para viver, rir, se dar. Vendo Seu Bernardo, imaginava-se que teria uma mulher pálida, macerada, anêmica, alimentada de hóstias. Mas Dona Carolina não se deixava consumir e, mesmo que quisesse, não conseguiria. Ela ria da família. Na sua boca, desfilavam irreverentemente todas as figuras. Não fazia a trágica. Teria lhe assentado — o ar heráldico, o rosto puro. Mas não assumia. Aproveitava-se da situação para se divertir com ela, das carolices, da afetação, das etiquetas. Ria do meu intelectualismo e do de Laura. Se escrevesse, poderia ter sido uma grande escritora.

Acho que amava muito o Seu Bernardo (era impossível não amá-lo. Tão belo!...), mas sua forma de amar não era a dele. Como amaria Seu Bernardo?

Tiveram cinco filhos (ele tinha outros, do primeiro casamento, com a irmã de Dona Carolina), todos lindos.

Mas Seu Bernardo me perturbava. Olhava para mim sempre do alto, olhos inquiridores. Um dia, disse que eu estava com uma roupa escandalosa, porque era vermelha. Aquela família não vestia vermelho — nunca vi ninguém de vermelho ali, nem Laura.

Seu Bernardo esperava Laura e a mim na porta, de barrete, quando chegávamos tarde. Um dia, quando já morava no Rio, ele me disse cortantemente: "Telefonou o seu namorado do Rio, enquanto você estava na rua. Acho que esse rapaz, está *tomando o seu tempo,* não vai casar." Eu ia dizer que também estava tomando o tempo dele, mas não tive coragem. Seu Bernardo me atemorizava. Sempre que me olhava, me sentia em falta.

Verdades tão absolutas, as de Seu Bernardo, nenhuma flexibilidade. Tinha uma fábrica, ganhou dinheiro, creio que por acaso, sem querer. Procurava faturar para a vida eterna.

Dizem que morreu de desgosto, de surpresa, de perplexidade (foi um enfarte), quando soube que um amigo, que personificava todos os seus valores, tinha se apoderado de um dinheiro que não era seu.

Ele não conhecia a dimensão humana. Só conhecia a honra. E por causa dela morreu.

O ADULTÉRIO

Ela era a mulher mais bonita da cidade. Bonita, elegante, presente a todos os acontecimentos mundanos. Casada com médico famoso, muito mais velho. Parecia-se com quem? Meio Kay Francis, meio Ava Gardner, uma certa vulgaridade necessária e na medida exata.

Ele era amigo do meu pai. Tinha uma aura. Meio Charles Boyer, meio Melvin Douglas. Cultivado era, educado era. Havia andado de zepelim e conhecido a Alemanha. Voltara de lá meio nazificado, um nazismo diluído, nazismo à mineira.

Ninguém pensou nisso, mas era forçoso que acontecesse. Feitos um para o outro, puro cinema dos anos 40. A vida, é verdade, imita a arte.

Ele vestia ternos cinzas, de flanela. Ia visitar meu pai e ficavam os dois no escritório, falando da Alemanha.

Ela vestia jérsei preto, *renard argentée*. Também veludos. A cidade assistiu, sem respirar, ao escândalo. Acho que foi o último escândalo de verdade que ali aconteceu e o primeiro de que soube. Tão Príncipe de Galles e Wallis Simpson... Tio Mário dizia que não era assunto para se comentar.

Nunca mais me lembrei dos dois, quando, passados muitos anos, no Rio, tomando aulas particulares de francês, esperando a minha vez na sala, escutei uma voz feminina protestando indignada, em mau francês, contra a imoralidade do filme *Les Amants*. Uma outra voz, masculina, concordava gravemente.

A porta se abriu e surgiu uma imagem meio esfumada, de algo que tinha sido vivo e que acordava camadas em mim adormecidas. Fiz um esforço como alguém que vindo de uma operação, está despertando da anestesia, e eis que reencontro o passageiro do zepelim, a moça de *renard*. Sabia que tinham ficado juntos, mas jamais lhes teria adivinhado o ar respeitável, prosaico, comum, de gente sem passado. Um casal idoso, cultivando o seu francês.

O cinema cedera lugar à vida.

A SANTA

Mesmo tudo não é nada. Era o máximo da ambição. Escrevi nos meus cadernos, no alto: "Mesmo tudo não é nada."

Ela não fazia por menos. Seu *affaire* era Jesus. Eu não sei como tudo aquilo aconteceu. O fato é que aconteceu. Teresa sentia dores, foi considerada morta, acordou, foi ser santa. Era um ser vital. Fundava mosteiros, mudava os que existiam. O sexo não importava — não era mulher nem homem, era santa.

Seu misticismo, bem espanhol, feito de fogo, "y muero porque no muero". Impregnou a morte de vida, fez da morte a força total. (*Mort, où est ta victoire?*) Era a fonte de onde tirava a vida para vencer estradas, atravessar rios, arrostar iras. Jesus a provava, ela sabia, mas aceitava e lhe dizia: "É por isso que poucos amigos lhe sobraram!" (Essa mania que tem o Senhor de *provar* as pessoas... Nunca entendi.) Aceitava, mas lhe dava o troco. Era o seu senhor, mas também seu parceiro. A sua submissão era por amor, não por servilismo. No mais, tratava-se de uma rebelde. Inverteu todos os valores da época e mais teria invertido se lhe fosse dado. Incomodou o papa e o enfrentou. Seu negócio era com Deus, não com o papa.

Nunca perdeu o senso de humor, mesmo nas horas mais trágicas. Tinha, também, um enorme bom-senso para as coisas da terra. Seu misticismo era sem peias mas, na vida, jamais perdeu a proporção do humano.

A santa me fascinou, quando a descobri em Juiz de Fora. Porém não falava dela, a não ser com Laura. Quem entenderia? Lia Santa Teresa D'Ávila com avidez, pelas madrugadas. Saberia a santa? Santa Teresa e Eugênia. Mas "mesmo tudo não é nada".

LÚCIO

Era irmão de Laura. A cara de Jean Marais. Foi o filho pródigo.

Parecia-se com Seu Bernardo mas tinha os olhos de Dona Carolina. Sobre ele falavam baixo, quando falavam. Sabia que morava em Belo Horizonte e, sendo o único filho, não queria trabalhar.

Laura me contava: Lúcio jogava. "Estróina", era o termo que se usava na época. Um filho de Seu Bernardo, "estróina"? Era Dona Carolina que tinha explodido. Diziam: "É o lado Gonçalves, gente irresponsável. Gonçalves não gosta de trabalhar." De fato, havia Seu

Gabriel, irmão de Dona Carolina, que vinha todos os dias na hora do café. Seu Bernardo olhava enviesado, mas ele fingia que não via. Seu Gabriel nunca tinha trabalhado.

Lúcio foi um caso estranho. Na família, só vi jogar gamão e jamais a dinheiro. Ele jogava com paixão. Religião, diziam que não tinha. Mulheres. E fazia todas essas coisas com determinação, livremente, na cara de todo o mundo. Cantava boleros e tangos e creio que também os dançava (naquela família era inacreditável). Boleros e tangos — o romantismo de Dona Carolina.

Parece que cortara relações com Seu Bernardo num dia em que este, saindo para a missa, o encontrou na porta, chegando em casa.

Dona Carolina amava mais a ele do que aos outros filhos e, à sua moda, rezava. "Gastei com ele toda a minha reza", me disse um dia. E quando Lúcio voltou para casa, dizia, muito Santa Mônica, que tinham sido as suas rezas. (Estava, entretanto, longe de ser uma supermãe, como aquela santa.)

Lúcio voltou um dia, montou consultório, trabalhou, comungou, casou. Teve muitos filhos. Virou varão da família. Não era homem Gonçalves.

LUGARES

Para ir ao colégio, descia a ladeira da Rua Osvaldo Cruz, entrava na Rua Santo Antônio, passava na igreja e alcançava o parque.

A Rua Osvaldo Cruz era nova, tinha poucas casas e muitos terrenos vazios. Nas noites de São João, usávamos os terrenos vagos para fazer fogueiras e festas. Era uma rua ainda cheia de verde, com operários sempre trabalhando. As casas em construção tinham um aspecto misterioso no meio da noite. Aprendi muito sobre a constante mutação das coisas ao ver os sacos de cimento, o madeirame e as pedras se transformarem em casas, depois essas serem habitadas, possuírem jardins e passarem a ter vida. Na rua, todos os dias estavam chegando pessoas novas, morando nas casas recém-construídas.

Na Rua Santo Antônio viviam Helena e Ruth numa casa branca, considerada na cidade como "colonial mexicano". Ali brotavam uns estilos com nomes esquisitos, sobretudo um, que era considerado o "normando". Esse era o preferido de mamãe. Quando compramos um terreno na Rua Osvaldo Cruz, a casa era para ser em "estilo normando".

Eu ia passando por todos aqueles lugares absolutamente familiares, até chegar à igreja, onde fazia uma pausa para rezar. Era uma igreja característica de cidade do interior. Ficava no alto e tinha a atipicidade peculiar a essa espécie de construção, no interior do Brasil. Por dentro era feia, mas isso só fui perceber isso muito mais tarde. Naquela igreja rezava, na minha infância, com tanta convicção, que os santos de gesso se comoviam. Ensinei, ali, catecismo, fui a muitas missas sentindo, no inverno, o meu hálito gelar quando falava, ou fluindo, na primavera, aquele renascer matinal. Uma das coisas mais felizes que fazia, era comungar. Ao sair da missa enxergava a cidade tão clara, tão iluminada, como não cheguei

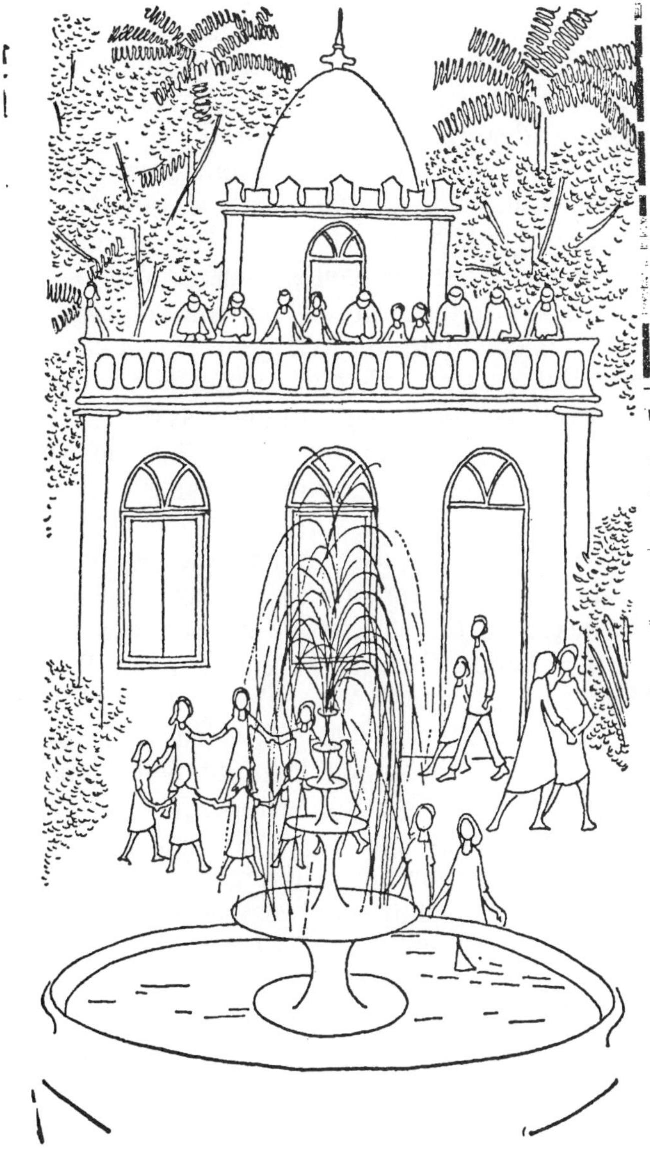

a ver, anos depois, nenhuma ilha grega. Tão impregnada ficou de tio Mário, de mim mesma, aquela igreja! Os rostos finos dos parentes comungando, os sorrisos polidos no adro... Ali, jamais voltarei.

O parque, já era outra atmosfera, uma espécie de mundo da fantasia. Soube que cortaram quase todas as árvores, porque estavam "doentes". Eram lindas, antigas, copadas. Existiam pontes e tocas de peixes. Ao meio-dia, parecia tudo parado como um retrato. Os caramanchões emergiam da folhagem. Havia caminhos de cascalho, e as samambaias margeavam o riozinho claro. O velho chafariz onde minhas tias tiravam retratos quando mocinhas, durou pouco. Puseram abaixo para construir um prédio de cimento, onde instalaram a rádio oficial.

A Rua Halfeld, que era a rua principal, ficava em frente ao parque. De uma feiúra deliciosa, típica desse gênero de cidade. Construções de cimento, sem nenhum estilo. Sorveterias. O Cinema Central era ali. Por dentro, lindo, o teto pintado à maneira do Teatro Municipal do Rio, com pinturas que lembravam vagamente as antigas de botequim, só que de muito melhor qualidade. O efeito era soberbo. Nunca me esquecerei do mistério que emergia do camarote de Florinda. Era parteira e fazia abortos e amor, quase livremente. Morena, alta, fatal, mas distinta. Entrava no camarote com os dois filhos, muito bem vestidos, cuja paternidade ilegítima estava estampada no rosto.

Na Rua Halfeld não passeei muito. Era pouco dada a *footings* e sempre achei aquele desfile apenas folclórico. Nem eu, nem Laura jamais fizemos parte dele.

Da cidade, o que eu gostava mesmo, era a Avenida Rio Branco, onde ficava o colégio. Disseram-me que também cortaram as árvores. Deve ter sido algum prefeito progressista, desses que devastam impunemente o interior e põem bustos nas praças. A Avenida Rio Branco, à medida que ia subindo, ficava cada vez mais bonita. Iam aparecendo as casas apalacetadas, as mansões. De tarde, havia sempre mangueiras regando os jardins. As mansões e os palacetes tinham as mais diversas influências: inglesas, francesas, mexicanas, espanholas. Mas, estavam impregnadas de imaginação, de atmosfera. Alguns tinham tetos amansardados, sótãos. Até telhados de ardósia havia. O que matou o interior brasileiro foi o modernismo. Atrofiou a imaginação.

Existia, também, certa espécie de casa tipo solar. Essas eram realmente belas. Não se enquadram em nenhum estilo considerado brasileiro, nada têm de colonial. Mas são características de uma forma de viver em um determinado período de civilização. Juiz de Fora tinha algumas assim, muito peculiares à cidade, de tijolo vermelho. O estilo industrial inglês teve muita influência ali, em certo momento. Lá para os lados do cemitério, viam-se diversas fábricas de tijolos, para mim sempre fascinantes. Os solares não eram apenas desse estilo. A Avenida Rio Branco tinha um branco, de janelas verdes, teto amansardado, parque enorme, que me provocou muitas sensações de encantamento.

Na Rua Espírito Santo, podiam-se ver também alguns palacetes. Sempre me inspiraram o maior fascínio. Quando criança, muitas vezes imaginei uma cidade só de palacetes. Devia ficar muito parecida com aquela que o cinema mostrou em *O Mágico de Oz*.

Amava também o bonde. O seu trajeto, curtíssimo, na época me parecia enorme. Costumava vagar nele pela cidade toda. Passava em frente ao Museu Mariano Procópio. Essa casa, graças a Deus, conservaram. Ilustra exatamente o solar, em todo o seu esplendor. O parque era imenso, repleto de jabuticabeiras. Sempre me disseram que em épocas mais antigas, no tempo adequado, as famílias se muniam de mil apetrechos e iam para lá, colher jabuticabas. Os pés eram alugados — passavam o dia ali comendo e ainda levavam cestas para casa. (Aquela coisinha caída do céu para os judeus, não me lembro o nome, seria jabuticaba?)

O grande parque, cheio de caminhos, ia dar na mansão de tijolos, muito parecida com a fazenda de vovô, em Guará. Os móveis também eram muito típicos da cidade — todos vitorianos, como os da casa de vovó Siana. Na cidade não havia móveis coloniais brasileiros. Eram os consoles de mármore, as cadeiras de medalhão, tudo meio sobre o redondo.

Perto do museu ficava o quartel. Lá morava o comandante do batalhão. Laura e eu, às vezes, montávamos a cavalo naquele lugar. À noite, quando passeávamos de carro, íamos para aquelas bandas e prosseguíamos pela estrada. Não me lembro se Matias Barbosa ficava desse lado ou do lado do cemitério. Era uma cidadezinha próxima, limite das nossas incursões noturnas de carro. Eu amava o cemitério de Matias, e dizia sempre que queria ser enterrada ali. O de Juiz de Fora era destituído de lirismo. Cemitério, quanto mais rico, menos poético.

Havia também o rio Paraibuna. Quase não passava pela cidade, era lá para as bandas da estação. Quando saíamos de carro ele logo aparecia. A paisagem em volta era aquela de Minas, montanhas e montanhas. Sempre me perguntei, se a minha claustrofobia, não se deveria um pouco ao confinamento entre montanhas. A cidade era cercada por elas. As montanhas e a repressão mineira eram uma combinação meio claustrofóbica. (*Parecer* direita, *parecer* direita!...)

A estação, sempre amei. Nasci numa casa em frente a ela, que tinha um terraço dando para o rio Paraibuna. Mamãe contava a estória de uma ceia preparada para papai, a ser servida no terraço, que tinha saído toda errada e ela jogara Paraibuna afora.

Todos os gestos humanos deviam ficar imobilizados, guardados em algum lugar. Os gestos, mais do que as palavras. Mamãe jogando a ceia no Paraibuna, onde estará? Juiz de Fora, se não falo nela agora, quem falará?

A VISITA

Foi preparado o quarto grande, com dois armários, onde mamãe se vestia. Comunicava-se com o meu por uma porta.

Eu a via pouco, sempre ausente da fazenda, viajando, quando lá passávamos as férias. Era a irmã mais moça de papai. Tinha os olhos de vovô, verdes-claros. Não sei dizer de ninguém com quem se parecesse. Ficou para mim irreal, intemporal, mitológica. Linda em tudo. As roupas que vestia comunicavam-se com ela, emanavam dela, assim como tudo que a rodeava. Embelezava as coisas, integrando-se.

Quando chegou, toda a casa se transformou, criou força. Até o quarto de vestir, tão insípido, ficou rico.

Tinha os cabelos castanhos, avermelhados. Sentava-se de noite em frente ao espelho para escová-los.

Mamãe e ela se vestiam juntas, para os bailes a rigor. Mamãe de veludo preto, longos decotes (tinha costas lindas), elegantíssima. Iam aos bailes no clube, onde papai era diretor. Eu fazia treze anos. A guerra estourava na Europa, papai ouvia rádio da Alemanha no escritório. Mas, tia Inaiá, no quarto, cantava para mim músicas de Noel Rosa, *Último Desejo, Século do Progresso*. Conversávamos pela noite afora. Eu lhe contava as estórias de Juiz de Fora. Ela achava graça. A gente de papai era de Guará, tia Inaiá vivia em São Paulo, civilizada, fazendo o que bem entendia, deixando a família desarmada. Ria do puritanismo mineiro. Mamãe não a considerava boa influência para mim, mas nada podia fazer — era sua cunhada.

Tia Inaiá foi a primeira pessoa que me falou de Sartre. Pensava que era cedo para eu lê-lo, mas quando fui morar na fazenda, ali encontrei os seus livros e li.

Ela enfrentara vovô, o homem mais temível que conheci, e resolvera viver a sua vida. Seu comportamento era o mais insólito para a época. Mas sabia se impor. Foi a primeira mulher que vi ir sozinha ao cinema, de noite. Em Juiz de Fora isso era um escândalo. Fumava em piteiras longas, o que também era um escândalo.

Ficou pouco tempo. No fundo incomodava mais mamãe do que agradava. Mas me fixei nela. Sabia que existia, era um ponto de apoio, estava em algum lugar, ao alcance da mão. Parte dela era eu. Uma vez, não resisti e abri, dentro do seu armário, uma caixa onde estava um maço de cartas com a mesma letra. O fascínio venceu a minha discrição mineira e li, às pressas, algumas cartas. Eram lindas. Uma dizia isto: "Nunca mais acariciarei os seus cabelos..." ("O seu cabelo não cheira a urzes...")

Anos mais tarde, conheceria o autor das cartas. Ele me olhou e disse: "Meu Deus, em que você se parece tanto com a Inaiá?" Eu sabia. Tinha começado em Juiz de Fora, no início dos anos 40.

GRETA GARBO

Fui ver *A Rainha Cristina*. Reprise? Não me lembro de que época era o filme, mas a Garbo foi uma atriz dos anos 30, que entrou pouco pelos 40. A sua beleza me deixou pasmada. Uma cena me acompanhou pelo resto da vida. Cristina, quando se apaixona, acordando de manhã, abrindo a janela e esfregando a neve no rosto. Como eu entendia essa necessidade de comunicação, de contato com tudo, até com os seres inanimados, quando se ama. Garbo esfregava a neve no rosto e depois saía tocando todos os objetos de seu quarto.

Quando estive em Upsala, visitei seu castelo, no alto de um morro. O mesmo que vira no filme, embora bastante restaurado, por causa de um incêndio. Subi lá — debrucei-me na janela — não havia neve ("où sont, Deus meu, les neiges d'antan?"). E chorei loucamente, desesperadamente, deixando todo mundo em volta perplexo. Chorava não a rainha, mas a moça do cinema em Juiz de Fora.

A DOENÇA

Aos treze anos a gente sente a vida na ponta dos dedos. De manhã, abria a janela do meu quarto — lá estava a paineira da chácara de Dona Anna Salles. Seus flocos brancos flutuavam, arrancados pelo vento, pairando em volta, integrando-se no ar. A imagem me possuía, me tomava. Daí por diante, o dia ia num crescendo.

No fim da nossa rua havia um bosque — eu caçava borboletas ali, quando criança. Sentava-me embaixo das árvores sozinha, imóvel. A sensação de vida vinha tão forte, que às vezes não sabia o que fazer com ela. Gritar não podia.

Quando chovia, ficava espiando da vidraça. Sempre achei a chuva luminosa. A água corria pela sarjeta com força, fazendo barulho. No verão, todo dia chovia forte no fim da tarde. As montanhas iam se tornando ameaçadoras, junto com o céu. Pairava no ar uma sensação de perigo iminente. Eu me sentia absolutamente tensa. Depois, aquele desabar. Acalmava-me.

Fogos — uma vez estava sentada na escada da casa. O silêncio pairava na rua. Olhei para o céu

— lá pelos lados do cruzeiro, muito de longe, eles se derramavam no ar. Na mais completa quietude, compunham o silêncio, fundiam-se com ele. Tomada de uma sensação de evanescência, tive medo e chorei.

Acho que adoeci disso, de beleza, da intensidade das coisas. Tinha umas estranhas sensações de opressividade, que depois se transformaram em claustrofobia. Vinha andando na rua e de repente aquela inesperada sensação me tomava. Ia correndo para casa, deitava e ficava imóvel. Aos poucos, outra sensação doentia apareceu — impressão súbita de que ia morrer, fixação na morte.

O problema da morte sempre me tocou fundo. Nessa época, porém, era algo físico — eu me *sentia* morrer.

Quando fiz quatorze anos, fui tomada subitamente pela sensação. Estava tudo preparado para a festa — um bolo branco, enorme, no *étagère*. Eu não falava sobre a doença, não conseguiria explicar. Mas ao olhar o bolo, sem esperar, a sensação da morte me dominou. Deitei-me, e pela primeira vez, chamei mamãe. Pedi um médico e um padre. Ela me olhou perplexa, sem entender.

Dei trabalho ao médico. Naquele tempo nem se falava em análise, psicanálise. Ele dava fortificantes, achava que devia ser um problema de adolescência. Mandou-me nadar.

Com os tempos, fui melhorando, sobretudo em Guará, pelo contato com a natureza. A força que emanava dos campos, das árvores, do gado, dos cavalos, era tão grande, tão vital, que a sensação de morte foi se esfumando. Eu me integrava naquela força e me nutria dela.

Nunca soube ao certo se era um ser extremamente frágil ou extremamente forte. Até hoje não sei.

SISSA

Sissa morava numa rua bonita, considerada a mais bonita da cidade, onde estavam as melhores casas. Eu é que gostava mais da Avenida Rio Branco, sobretudo do Alto dos Passos. Havia lá um certo tipo de mansão ou de casa apalacetada, hoje quase totalmente desaparecido. A Rua Ipiranga, em Petrópolis, ainda possui algumas casas desse gênero.
 Sissa vivia com uns primos, que não tinham filhos. Ela não quis ficar em Miraí, pequena demais. Sob o pretexto de trabalhar, foi para Juiz de Fora e ficou morando com Fernanda e Eulálio.
 Fernanda e Eulálio eram duas personalidades locais: ela, filha de barão, não podia ser mais baronesa. É certo que a maioria dos fidalgos brasileiros rurais pouco tinha de fidalguia. Alguns eram uns bárbaros. Mas em Fernanda a nobreza estava estampada no rosto, impregnando todos os seus gestos, andar e porte. Minha avó também era assim. Não sei se tinha muito a ver com nascimento, se era obra do acaso ou dom natural. Em Fernanda, até a voz era de baronesa. Na casa havia retratos de família com molduras vitorianas, consoles Luís Felipe, opalines, tudo como devia ser. Fernanda, antipática à primeira vista, em casa se tornava simpática, recebia com perfeição e até hoje

me lembro de algumas sobremesas que ali serviam. À Sissa se dedicava como mãe.

Eulálio era o perfeito Cavalheiro-de-Boston. Não tinha a altivez exagerada de Fernanda. Sempre me lembrou o retrato de Schubert. Ficaria perfeito vestindo as roupas da época. Portava uns óculos sem aro, que lhe assentavam muito bem. Era o oposto do pernóstico, sua educação não agredia ninguém. Não fazia o menor esforço para ostentar qualquer tipo de superioridade, mas esta era perceptível até para uma criança. Tanta naturalidade chegava a não ser natural.

Nós o adorávamos. Ele era culto, estava a par das coisas, conversava conosco. Foi a primeira pessoa daquela geração com quem conseguimos falar. Eu conhecia a cultura na minha própria casa, tinha sido criada no meio dela, mas papai, tão fechado, nunca me deu a confiança de conversar comigo. Além do mais, suas idéias políticas originais demais para a época não deixavam de me incomodar. Só hoje, vejo a enorme superioridade de papai em relação a toda aquela gente. Ele sabia Baudelaire de cor. Ali, de Baudelaire, só conheciam o nome (e por isso eram cultos). Lia Rimbaud. Ali ninguém sabia nem que tinha existido. Mas papai nunca teve o charme de Eulálio, ou melhor, detestava charme. E era a Eulálio que eu ouvia, embevecida.

Eulálio, médico, dirigia os negócios de toda a família. Tinham grandes fábricas de tecidos e, desde pequena, ouvira falar nelas. Era o industrial, o cientista, o homem culto. Demais para uma só pessoa.

O reverso, quando veio, deixou todo mundo tonto. Ninguém podia acreditar. Nós não acreditamos, creio que Sissa não acreditou, nem mesmo Fernanda.

Mas com o tempo, a verdade se impôs. Eulálio não teve capacidade de gerir os negócios da família e a levou à ruína. Passou a fazer dívidas enormes. Perderam tudo.

Fez-se um silêncio em torno, o mesmo que há em volta de uma pessoa quando morre. A cidade não comentou, silenciou. Eulálio desapareceu.

Hoje consigo entender a sua atitude. Era difícil fugir à sua própria imagem. Lutou terrivelmente para preservá-la, mantê-la viva. Eulálio sem dinheiro, sem fábrica, sem casa, sem opalines, não era Eulálio. Eulálio sem sala de visita, sem sofá de palhinha, não era Eulálio. Tentando salvar sua imagem, perdeu tudo. "Quem quiser salvar..."

Fernanda, soube que morreu recentemente. Eulálio nunca mais vi. Mas sua imagem continua em mim, intocada.

A família de Sissa tinha se mudado para o Paraná. Primeiro foi para lá José Eulálio, seu irmão médico. Estava fazendo carreira. O Dr. Luís, seu pai, prefeito de Miraí durante quinze anos, com a transformação da política deixou de ser. Era prefeito e médico, desses de cidade do interior, que fazem tudo.

Resolveram ir todos morar no Paraná. A família era enorme e ainda havia Mariana para criar. Mas Dr. Luís não desanimou. Alugaram uma casa simples (que diferença da casa de Miraí!), móveis comprados ali mesmo. Deceparam as raízes.

Sissa, depois de ter vivido anos fora de casa, voltou. Não deve ter sido fácil para ela. Mas a família tinha fibra.

Eu os havia visto em Miraí, naquela casa enorme,

os donos da cidade. Fui vê-los no Paraná. O frio era muito pior do que o de Juiz de Fora. Dr. Luís saía no meio da noite para atender a partos. Sempre tão tranqüilo, tão paciente, tão mineiro.

Assisti ao casamento de José Eulálio, com uma moça da terra. Todos se casaram por ali mesmo, desenraizaram-se de vez. Começarão tudo de novo, e se casarão com primos? Creio que não. Os filhos pouco saberão de Miraí, nem de Eulálio e Fernanda, não conhecerão a casa. Mas, se de tudo fica um pouco,

> Ficou um pouco de tudo
> no pires de porcelana,
> dragão partido, flor branca
> da ruga na vossa testa,
> retrato.*

OS BENS E O SANGUE

De Barbacena, lembro-me do frio e da praça. Do clube também, onde fui dançar levada por meus primos. Não sei se era o dos Andradas ou o dos Bias. Devia ser o dos Bias, porque alguns deles estavam lá e dancei com um, prefeito de uma cidadezinha próxima, dando à tia Madalena muitas esperanças do início de um romance.

Tio Juquinha e tia Madalena tinham se mudado

---
* Carlos Drummond de Andrade.

para a cidade, onde ficariam pouco tempo, indo logo depois morar em Belo Horizonte. Vinham de um lugar perdido no mapa, chamado Turvo. Para lá, mamãe enviava vestidos, sapatos, objetos, encomendados por tia Lena, coitada, que desejava continuar em dia com o mundo.

Era, das irmãs, a mais próxima de mamãe e tinha sido, também, célebre por sua beleza. Mas se casara com tio Juquinha, sempre pobre. Vovó possuía uma forma muito peculiar de escolher os maridos para as filhas, na qual o dinheiro entrava bem menos do que certos critérios subjetivos, como "ar respeitável" e "sobriedade".

O sangue também, pesava muito, talvez porque tivesse alguns problemas a respeito do seu. Despachava os pretendentes com a maior naturalidade, dizia *não* com a maior segurança. Ouvi mamãe contar várias vezes, que barrara um namorado de tia Lena, porque apareceu de baratinha vermelha. Aceitou, sem hesitar, tio Juquinha, feio e pobre, mas de boa linhagem. E mamãe, antes de conhecer papai, teve grande paixão por um jovem, cortado implacavelmente, por ser filho de general. Para vovó, militar não servia.

A cidade era muito bonita ao anoitecer, sobretudo para uns lados onde havia o cruzeiro.

Costumava ir a esse lugar de tardinha, com Roberto e Severino. Desde então, sempre que escuto "Cai a tarde tristonha e serena", lembro-me de Barbacena, da tarde caindo e dos sinos tocando. De manhã, as flores do jardinzinho em frente da casa ficavam todas molhadas de orvalho. Eram umas onze-horas nascendo entre cascalhos, e margaridinhas amarelas.

De duas coisas me recordo bem em Barbacena

— a primeira foi ter vendido, numa joalheria, um anel com uma pedra roxa, que fora de vovó, para dar o dinheiro à tia Madalena. Pagaram trinta mil-réis. Quando fui entregá-los, envergonhei-me do heroísmo do meu gesto e tia Lena nunca os recebeu.

A segunda, foi ter passado num sobrado e vislumbrado em cima de um piano, um lampião verde, igual a um de Dona Anna Salles, que mamãe cobiçava para o meu quarto. Na janela havia uma velha seca, vestida com uma roupa preta ruça. Roberto, que era muito despachado, resolveu lhe perguntar se queria vender o lampião.

A velha nos olhou de alto a baixo e nos mandou entrar. Nas salas enormes, de uma forma desarrumada, donzelas de cristal, castiçais, potes de farmácia enfileirados, louça das Índias, em grande quantidade. Eu olhava deslumbrada, cada vez mais desconcertada, diante da senhora que, rígida, exibia os seus tesouros.

— Está vendo, mocinha? Tudo isso é meu. Não tenho filhos e nem netos a quem deixar. Não vendo e não dou.

Olhei para ela. Se pudesse, seria enterrada ali, junto com os bens. Mas eram bens mineiros, esses que não têm preço.

Severino comentou depois:
— Velha sovina...
Eu lhe disse:
— Velha sovina, não, Severino. Velha mineira...

LE PAYS PLUVIEUX

Mamãe me fazia lenços aproveitando trapos velhos, tanto espirrava. Às vezes dava uma certa sensação de febre e me deitava, lendo, empilhando os lenços ao lado da cama. Era uma cidade feita para a alergia. Cedo comecei a ouvir a palavra. A chuva, uma constante, vinha acompanhada da umidade. E esta, do mofo.

O céu, geralmente cinza, a chuva nem grossa nem fina. Parecia que surgia sempre lá dos lados do Morro do Imperador.

No inverno, gelava. Papai calafetava as janelas. Usávamos meias grossas para dormir.

Eu tinha bronquites freqüentes, além da alergia. Aos quatorze anos, uns miados dentro do peito. Dr. Lustosa chegou e diagnosticou asma. Deu-me uma injeção.

Na primavera, sentia-se o renovar. Eu a esperava como a uma festa. Chovia, mas o ar era leve e o cinza dava logo lugar ao azul. Na rua, os jardins floriam, as borboletas e as amoras apareciam no bosque existente ao fim da Rua Osvaldo Cruz. Jogávamos vôlei nos gramados.

O céu era baixo, cheio de carneirinhos. À tarde, as montanhas ficavam cobertas de um sol fraquinho, que era chamado Sol das Almas. Em criança, tinha a certeza de que elas ficavam ali se aquecendo.

O verão era de tempestades, raios terríveis atraídos pelo ferro das montanhas. Chovia forte de tardinha. Depois, aparecia tudo mais limpo, as folhagens, as montanhas, as ruas. O cheiro de terra molhada subia pelo nariz.

Saíamos de carro, com chuva, para passear. Laura guiava. Às vezes pegávamos Sissa, as Junqueiras. Encostávamos o automóvel na Avenida Rio Branco e conversávamos, a chuva fazendo barulho no teto.

De noite, fazia também barulho no telhado. Eu ficava lendo ou sonhando. Aliás, vivia sonhando, mamãe repetia sempre aquela estória de viver no mundo da lua.

Também gostava de espiar a chuva do lado de dentro da vidraça. Quando criança, permanecia horas imóvel, espiando.

Se vinha do colégio cedo e chovia, ia para o escritório de papai, meu lugar preferido na casa. As paredes eram cobertas de livros e no sofá de couro, em frente à janela, ficava vendo a chuva cair.

Seria da chuva a tristeza que me acompanhou pelo resto da vida? Viria daí o desejo de me sentir protegida, abrigada, segura, tão intenso e falhado pelo resto da vida?

O céu azul, o sol, as cigarras cantando, eram sempre como um presente à parte. A realidade era a chuva.

De noite, nas ruas mal iluminadas, caminhava, olhos no céu, contemplando as estrelas. As de Juiz de Fora sempre me pareceram diferentes das outras, mais misteriosas, porque mais raras. Meu primeiro conto chamou-se "As Estrelas".

Amei a cidade apesar da chuva, da asma, da bronquite. Amei para o resto da vida, amor triste, fatal, sem solução.

Perdida a cidade, restou a asma.

A HERDEIRA

Os irmãos eram claros, cabelos louros. Todos belos. Ela, pele morena, rosto inexpressivo. O único traço de beleza estava nos olhos, escondidos atrás de óculos sem aro. Pela inexpressividade lembrava a boneca Bécassine. De corpo, porém, era magra, dotada de certa flexibilidade. Vestia-se bem, sem ser elegante. Havia algo no conjunto, amorfo, apático, que anulava qualquer possibilidade de elegância.

Entretanto, fora criada para a elegância. A casa um dos palacetes que encantaram a minha infância um misto de *fin de siècle* com estórias de fadas. Hoje, não consigo me recordar dela com muita nitidez, mas parece que tinha torres e telhados de ardósia. Teria?

O interior era lindo, o bom gosto de Dona Irene em todos os detalhes. Ali fui com Laura à minha primeira festa, num vestido amarelo, feito por Ângela Ribeiro de Oliveira, prima de Laura. Era aniversário de Clara, um pouco mais velha do que nós. Aquele tipo de festa da cidade do interior, em que todos os homens usavam terno azul-marinho.

Clara, vestida de branco. A impressão causada era de que *tinha sido vestida,* tão mal lhe assentava a elegância. Que tipo de roupa lhe poderia cair bem? Não sei, talvez um hábito de freira. Porque sua elegância era interior, feita para outra espécie de mundo.

Ela sorria, recebendo os convidados. Sorria sempre, um traço seu. Dona Irene, esta sim, elegantíssima, com a sobriedade, a dignidade de uma rainha-mãe, ajudava. Tudo era perfeito, aquele requinte muito sutil, peculiaridade da província, inteiramente invisível e ignorado por quem não sentiu a sua marca.

O pai, Seu Francisco, de quem ela herdara o sorriso e certamente a inocência, percorria as salas, no seu terno preto.

O ponche (naquela época estava em moda) era distribuído fartamente aos convidados sentados nos sofás de palhinha, recostados em pequenas almofadas, e as bandejas de doces brilhavam nos consoles.

Pensava — "Clara faz as honras da casa, mas não dança, quase. Deviam *tirá-la* mais, pelo menos por educação!..." Por essa época, eu estudava em Juiz de Fora e a família morava em Guará. Quando viemos para o Rio, passei a vê-la pouco, apenas quando ia passar as férias em Juiz de Fora. Ela, porém, era amiga de Laura e eu estava sempre a par de sua vida.

No Rio, morava Gilda, sua prima. Era o oposto de Clara: linda, cinematográfica, nascida para brilhar. Seus pais tinham vivido em Juiz de Fora e marcado época. Mamãe sempre falava ter sido o par mais bem dotado que ela jamais conhecera: ambos inteligentes, elegantes em tudo, radiosos. Quando aparecia o nome de Gilda no jornal em alguma festa, mamãe dizia: "É bem a filha da Maria Dulce!..." E se orgulhava. Foi eleita *glamour girl* num baile do Copacabana Palace. Seu retrato surgiu nos jornais, alta, cabelos soltos, parecida com Rita Hayworth.

Clara idolatrava Gilda, de quem não sentia a menor ponta de inveja. Cultuava a prima, como os cavaleiros da Távola Redonda deviam cultuar o rei Artur.

Gilda ia a Juiz de Fora, onde as duas apareciam juntas em toda a parte. O contraste era visível, mas havia qualquer coisa em Clara, a marca talvez de um outro reino, que não tornava grotesca a comparação. Ambas eram rainhas, cada qual de um reino.

O reino de Clara!... Ficou noiva. O pretendente passeava a cavalo em lindos trajes de montaria, pela cidade. Começou a freqüentar a rua de Clara. Contemplava-o do terraço, como a uma visão. Uma vez apeou em frente à casa. Desceu. Ela pensou que fosse tratar de negócios com o pai. Foi pedir a sua mão.

Não seria possível resistir. Enormes olhos verdes rasgados, pele morena, altura. Ninguém sabia é que estava falido. O palacete era a salvação.

No dia do noivado, Clara foi à missa cedo, comprou um pacote de bombinhas de São João, buscapés e brincou no parque com eles. Foi a sua celebração.

Casou. Creio que Gilda era a madrinha. Ela jamais teve medo do contraste, talvez até fizesse gosto nele. Não sei como ficou de noiva, não assisti ao casamento. Feliz devia estar.

A mãe a havia criado para o mundo, para o sucesso. Aquele era o seu dia. Não ficara solteirona, casava-se bem.

As notícias, fui também sabendo mais tarde. O noivo desmascarara-se. Fizera da herdeira, a sua presa. Parece que foi um caso típico de tortura mental. O dinheiro se ia, mas não era o pior. Há pessoas que não agüentam a bondade alheia. Aquela bondade de Clara, a sua eterna inocência eram uma agressão permanente. Fez dela a sua vítima favorita.

Ela continuava a olhar o mundo com os seus olhos de Bécassine. Não era imune ao sofrimento. Mas aceitava-o como natural.

Pouca gente lhe percebia a grandeza. Talvez o

pai, que morreu logo. Gilda sim, que apesar de tudo, se sentia pequena diante dela.

Adoeceu gravemente, e já muito mal, sua preocupação era a prima. Não queria que a visse sofrendo. Não era uma mulher para sofrer.

Nos seus últimos dias de vida, Gilda foi vê-la. Ela protestou:

— Vai embora, não quero que me veja assim.

A Bíblia fala em "escolhidos", aqueles que *não* possuirão a terra. Possuirão o quê?

Clara, cujo reino não era deste mundo. Seria onde? Ninguém sabia, mas era rainha. E essa majestade, ninguém lhe tirará.

DONA ANNA SALLES

Sua casa lembrava um pouco a nossa de Guará, porque era de tijolos vermelhos. Só que bem menor, bem mais casa de cidade. Juiz de Fora tinha muitas casas e fábricas de tijolo vermelho. Era chamada a Manchester mineira. Anos depois fui parar na Manchester verdadeira e reconheci ali as casas e as fábricas tão familiares à minha juventude.

Dona Anna era viúva. Magra e seca. Desde criança ouvia falar dela, comadre de vovó, amiga nas horas difíceis. Parece que sempre ajudara a família. Mamãe contava que quando morreu uma filha dela, Elisa, recebeu de presente caixas enormes, vindas de Paris, contendo todo um enxoval encomendado e jamais usado.

Quando papai foi preso, Dona Anna entrou pela casa adentro:

— Vamos buscar Osvaldo.

Mamãe disse que vovô estava chegando e ela ficou mais calma.

Dona Anna era mestra em requintes mineiros, que são requintes muito especiais, muito sutis, só entendidos por mineiros. Jabuticaba, por exemplo, mandava dentro de cestas forradas com folhas de bananeira. Em cima, havia toalhas de crochê e, sobre essas, flores. (Anos depois, eu receberia de Murilo Rubião uma cesta de jabuticabas, coberta de orquídeas. Minas continuava fiel a si mesma.) Mamãe, que também tinha os seus requintes, preparava as jabuticabas em cumbucas fundas, com gelo partido em volta, em mesinhas arrumadas no jardim, com as flores de Dona Anna espalhadas. Ao chegarmos do colégio, encontrávamos aquela festa. Quem levava as jabuticabas era um preto muito bem-vestido chamado Odete. Quando ele aparecia na esquina, a gente começava a gritar:

— Lá vem o Odete, lá vem o Odete.

Se não eram jabuticabas eram docinhos, biscoitos, sequilhos.

Os dias de chá de Dona Anna eram sagrados. Mamãe, que gostava de me exibir (pobre de mim!...), me ensinou a anunciar o chá. Eu ia ver a empregada preparar os "sonhos". Ajudava também a pôr a mesa e a servir.

Mamãe recebia telefonemas de amigas falando sobre mim. "Como a Rachel enfeitou!... Está uma moça bonita." Diziam que me parecia com uma artista que surgiu na época, trabalhando com Errol Flynn em *O Gavião dos Mares*. Chamava-se Brenda Marshall, se não me engano. Eu ficava perscrutando o meu rosto no espelho.

Dona Anna, porém, se lamentava:

— Ela não se parece *nada* com a mãe!

Era uma sentença.

Quando nos mudamos para Guará, fomos nos despedir dela. A sala de visitas era um lugar solene e mamãe tinha supervisionado cuidadosamente a nossa toalete. Ela usava um vestido amarelo, muito verão, com flores na cintura.

Sentamo-nos nas cadeiras de palhinha, tomando chá. Dona Anna, gravemente, mandou a criada buscar uma caixa. Tirou quatro álbuns de couro, com a inscrição "Lembranças" gravada em letras douradas, e deu um para cada uma.

— Isso é para vocês escreverem. Escrevam sobre Juiz de Fora, para que não se esqueçam daqui. Toda jovem deve ter um diário e escrever. Faz muito bem ao espírito.

Ela própria escrevia e de vez em quando, mandava poesias para mamãe.

Na hora da despedida, beijou cada uma de nós na testa e abraçou mamãe longamente, comovidamente. Eu não tinha a menor coragem de chorar.

Quando já estávamos no jardim, exclamou da soleira da porta:

— Maria Luíza, não deixe de fazer as meninas aprenderem francês. Faz parte da boa educação.

E fechou a porta.

GUARATINGUETÁ

Com a entrada do Brasil na guerra, papai, que não escondia de ninguém suas preferências pela Alemanha, foi preso. Era nazista? Certamente não. Sempre tinha sido antiinglês, anticolonização inglesa no Brasil, antiimperialismo inglês. E nazismo, nessa época, era ainda um movimento romântico, wagneriano, de estandartes vermelhos e manifestações de massa. Tinha o seu fascínio. Mas quem é que podia atinar com tais sutilezas? Meu pai foi preso e isso mudou toda a minha vida.

Nosso colégio era alemão. Lembro-me da irmã superiora, reunindo todas as alunas, na hora do recreio. Tocou um sino e disse:

— Foram presas duas pessoas ligadas ao colégio, o pai das meninas Jardim e o professor Leonel Klein (pobre Seu Leonel, tão pacato, tão tímido, mas tão obviamente alemão, com seu cabelo louríssimo e pele vermelha). Vamos rezar por eles, pela paz, para que essa incompreensão entre os homens termine logo.

Foi um momento dramático, todas as meninas rezando em voz alta, eu pensando no meu pai.

Cheguei em casa, entrei no escritório. Ali estavam *Minha Luta,* de Hitler, e todos os livros do papai sobre a guerra, política, Alemanha. Levei-os para o quintal, fiz uma fogueira e queimei. Foi o único gesto que consegui fazer para proteger meu pai. Ele lamentaria, pelo resto da vida, a perda dos livros.

Meu avô, filho de alemã, um perfeito prussiano (todo, por dentro e por fora), irrompeu na cidade.

Disse que ia nos levar para a fazenda, em Guará, e foi buscar papai na delegacia. Voltou com ele.

Sempre quis falar com papai a respeito daquela prisão, o que tinha se passado, como se sentira. Jamais consegui. Nunca saberei.

Vendemos tudo, até a mobília do escritório, de couro marrom, que eu adorava. Vovô riscara a cidade do nosso mapa.

Eu gostava de Guará. Íamos todos os anos nas férias de dezembro, às vezes de carro, às vezes de trem. A viagem de trem era interminável. Em Barra do Piraí havia baldeação. Todo mundo ia ao banheiro, lavava o rosto. Cheiro de urina com suor — jamais me esquecerei. Não houve, nunca mais, viagens iguais para mim, a saída no noturno, as manhãs vistas da janela, as chegadas. As estações transfiguradas pela noite. O seu cheiro peculiar de fumaça, carvão e ferro, a solidão das paradas noturnas, os bancos vazios, o silvo do trem, seu respirar nos trilhos.

Para se ir à fazenda, margeava-se o Paraíba, pegava-se uma ponte grande de ferro e se entrava num alto portão. Em cima, ficava a casa. Era de tijolo vermelho, com enormes escadarias de mármore, colunas brancas, e coberta de hera. Parecia mais uma chácara do que uma fazenda, mas vovô criava gado holandês, tinha grandes pastos, e era uma fazenda.

Nunca vi tantos jardins. Um dia, quando já morava no Rio, alguém me disse:

— Naquela região se cultivava café. Sua família cultivava flores.

Em frente à casa, havia uma enorme sebe, margeada de florzinhas azuis, dividindo o jardim em dois. Um casal de pavões costumava passear por ali. No fundo, um pé gigante de jataí, com uma gangorra pendurada.

O roseiral de vovó era famoso. Ela fazia os casamentos mais imprevisíveis entre as roseiras, obtinha as combinações mais estranhas. As rosas eram sua paixão. Creio que a compensavam das infidelidades de vovô, do seu despotismo. Pacientemente, cultivava as suas rosas.

Mas que figura, vovô! Alto, cheio de corpo, olhos verdes, num filme sobre nazismo, daria o general. Tinha um rosto muito sensual e ninguém, nem tia Edith, falava de forma tão autoritária.

Dizem que era um perfeito cavaleiro, mas era mais do que isso. Ele e o cavalo se completavam, faziam um quadro, a exata combinação. Ensinou-me a montar, mas nunca me senti à vontade na sua presença. Quando criança, inspirou-me um sagrado terror, depois, aquele fascínio misturado de respeito.

A família de papai era muito diferente da de mamãe. Não conheciam os meandros mineiros, era outra civilização. Gostava deles, mas nunca me senti como eles. Não se é mineiro impunemente e não se recupera de ter sido.

Ninguém ali era muito religioso ("Gente sem Deus", dizia mamãe), mas iam à missa aos domingos, por tradição, às vezes na matriz de Guará, às vezes em Aparecida do Norte.

A cidade de Aparecida era para ser uma Lourdes do Vale do Paraíba.

Mas tão sem misticismo, coitada, despojada de mistério, despreparada para a santidade. Na verdade, nunca ouvi dizer que algum milagre lá se processasse.

A mesa de jantar era imensa e vovô se sentava à cabeceira. Discutiam sobre a guerra. Vovô era definitivamente fiel às suas origens e a ele mesmo, defendendo a Alemanha. Argumentava com propriedade, com uma inteligência, uma elegância, que faziam estilo. Uma vez, lendo uns documentos da família, vi que vovô era primo de Raul Pompéia. Falando, fazia também a sua literatura.

Passei um ano em Guará, indo para o colégio, margeando o Paraíba. Tia Inaiá aparecia às vezes. Ia dormir com ela no seu quarto para conversarmos de noite. Depois do jantar, passeávamos levando Delfina, que tomava conta de um tio meu, doente. Delfina era engraçada com seus casos, falando das casas onde trabalhara, das vidas que acompanhara. Dedicou toda a sua vida ao meu tio.

Uma vez, tia Inaiá e eu fomos com Delfina ver a flor que abria à meia-noite. Havia luar e a flor, que era branca, tinha, sobre ela, a brancura do luar.

Disse à tia Inaiá:

— Quero *isso* da vida, não menos.

Ela não respondeu, mas entendeu. *Isso,* a morte trará?

Quando soube que vovó morreu, muito velhinha, eu estava em Paris. Fui andar sozinha, nas margens do Sena. Não era o rio Paraíba e Guará parecia tão longe, perdida no tempo... Existira realmente?

Vovô morreu logo em seguida, com noventa anos. Depois que virou "fazendeiro do ar", sem fazendas, nunca mais foi o mesmo. Estava perdido no mundo, sem chão.

Ao morrer, disse:

— O velho jequitibá tombou.

Fez a sua literatura.

O PRESENTE

Era o aniversário de casamento de vovô e vovó. Não sei quantos anos faziam. Assisti às suas bodas de diamante (sessenta anos) e depois disso eles ainda ficaram muito tempo casados. Sempre me pareceu que tinham nascido casados.

Vovô estava preocupadíssimo com o presente. Em geral, não se preocupava tanto. Mas naquele ano, tinha ido a São Paulo misteriosamente e ninguém sabia o que era. Tia Inaiá dizia:

— São os remorsos!...

As infidelidades de vovô eram assunto. Na família se comentava rindo, com certa malícia complacente e divertida. Era uma família sem metafísica, onde o pecado não tinha nenhuma significação. Das vidas alheias também pouco se ocupavam. Eu soube no colégio que meu tio Nonô, que era chamado O Príncipe, tinha uma mulher e vovô a tirara dele, "montando casa". Quando dei um chá para minhas colegas (o que constituía uma concessão por parte de vovó, porque a comunicação daquela família com a gente da cidade era nenhuma; não por desprezo, não, apenas desinteresse), uma das colegas, vendo Mulata, uma criadinha que servia a mesa, disse:

— Essa é que é filha de seu avô.

Vovó, aparentemente, ignorava tudo. Ela não era submissa. Não o desafiava, mas ele a respeitava. Tinha a sua individualidade, suas idéias próprias, falava o que queria, era enérgica com os filhos e os educou à sua maneira. Nunca os vi discutir em público. Uma única vez, os ouvi brigarem dentro do quarto (o meu era pegado). Fiquei tão aflita que saí correndo. Dizem que vovô, na verdade, fazia tudo o que vovó queria. Pode ser. Tinha paixão por flores e ele mandava vir sementes raras, mudas de árvores, de todos os lados. Do portão até a casa, plantou quaresmeiras com acácias intercaladas. Quando floriam, eu sentia que era uma glória se estar vivo. Toda a casa era assim: as flores tinham primazia absoluta. E quando vovó morreu, a grande preocupação de vovô, foi plantar uma roseira no túmulo.

Mas a sua sensualidade era forte demais. Sua vitalidade, incontrolável e estava acostumado a tomar o que desejava.

Para festejar o aniversário de casamento, tia Carmem, irmã solteira de vovó, que dirigia a casa, preparou tudo com o maior cuidado. Toda a família tinha se reunido. Eu queria estar bonita. Tia Inaiá me levou para o quarto, colocou duas partes do meu cabelo para trás e pôs um laço de veludo preto. Na mesa enorme, preparada com as melhores louças sobre a toalha branca, eu olhava aquele desfile de rostos. Mamãe, linda, estátua grega, perfil perfeito, porte de rainha. Tia Inaiá deslumbrante. Tio Carlos... que beleza! Vovó, olhos negros imensos que desmentiam a sua aparência de suavidade. Aqueles olhos não eram suaves, eram meio abismais. Dos filhos, uma parte tinha herdado os seus olhos, outra os de vovô, verdes-claros. Eu herdei os dela.

Naquela família, ao contrário da de mamãe, os sentimentos eram contidos. Uma aparente frieza em todos os seus gestos. Numa festa daquelas havia emoção, mas não expansão. Vovô, à sobremesa, tirou do bolso uma caixa comprida e disse:

— Glorinha, isso é para você. Eu mesmo escolhi. A pérola é você, os brilhantes são os filhos.

Numa família sem a menor vocação para a solenidade, era um fato insólito.

Vovó olhou a barrete, linda, longa, perfeita. E disse baixo mas nitidamente:

— Nilo, se você fosse pôr um brilhante para cada filho que teve, não havia brilhante que chegasse!...

Ninguém *ouviu*. Todo mundo continuou a comer. Tia Inaiá disse que vovô, depois disso, melhorou consideravelmente.

TIO ORLANDO

Seus sons agônicos espalhavam-se pela casa. Vovó jamais quisera interná-lo, mandá-lo para um lugar apropriado. Ficava ali mesmo, num canto, sentado, o rosto sem expressão, as mãos batendo desordenadamente. Nós o chamávamos tiozinho e brincávamos com ele como um boneco.

À tardinha, Delfina lhe dava um banho, punha-lhe uma roupa nova e passeava com ele, empurrando a cadeira de rodas.

Nunca lhe vi um esgar de dor. Ria. Tanta inocência nos seus olhos límpidos!... Eram os olhos de tia Inaiá. Mas os seus gritos!... Eram a sua única forma de expressão. Não pareciam nem de gente, nem de bicho.

Quando eu voltava do colégio, gostava de assistir ao resto do pôr-do-sol no fim da varanda. O Paraíba

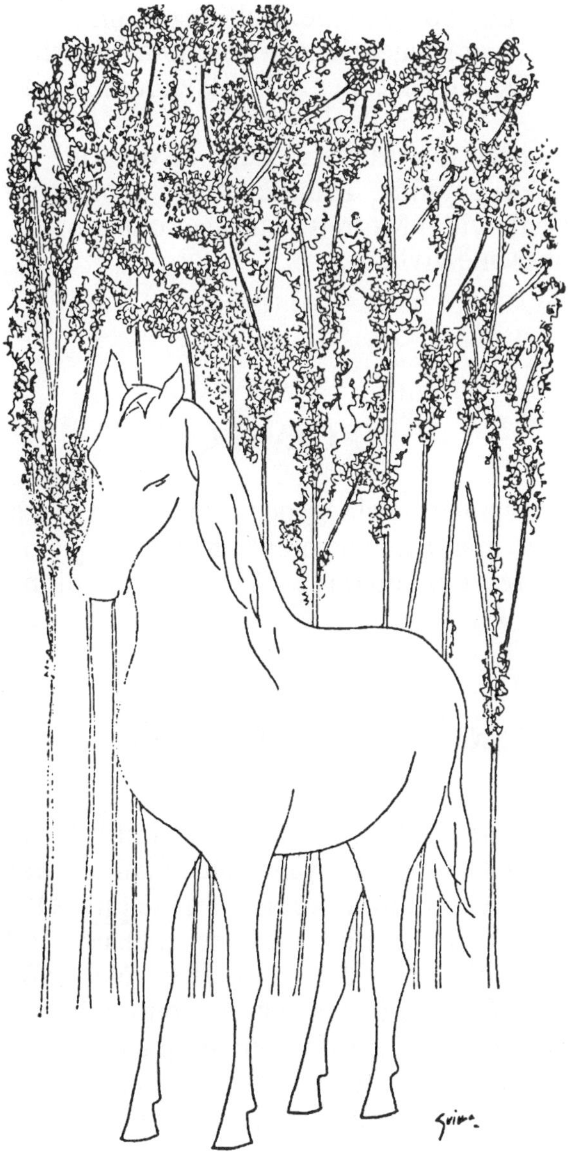

era um esplendor lá longe. Delfina costumava trazê-lo na cadeira para aquele lugar a essa hora. Ele emitia sons agudos. De quê? De alegria? Talvez fosse tocado pela beleza.

    Delfina morreu antes dele, de enfarte. Tiozinho morreu em seguida. Tinha quarenta anos. Forma tão precária de vida! Morreu sem saber que morria. Viveu sem saber que vivia.

O CAVALO

Uma vez vi meu cavalo branco no bosque de eucaliptos, imóvel ao luar. Eu tinha quinze anos. Sei que o cavalo morreu. Terei vivido ou sonhei que vivi a minha vida?

ESCÂNDALOS E NOIVADOS

Já morávamos no Rio, quando eu, distraída lendo o jornal, descubro um retrato vagamente familiar. Não prestei muita atenção, mas prossegui na leitura. Os nomes soavam também familiares, e de repente, acordei! O retrato era do tio Nonô, os nomes, de vovó e vovô.

    A estória era fantástica: tio Nonô tinha uma mulher em Guará. Dessas de quem ninguém fala o nome. O caso durava, a mulher teve um filho, desses em que ninguém também fala. Tio Nonô bebia, coitado, não devia ser muito feliz com toda essa complicação. Era franzino, falava baixo, tão educado que procurava não se fazer notar. Daqueles que vovô, sem querer, aniquilou, calou.

O jornal contava o seguinte: vovô tinha internado tio Nonô numa espécie de manicômio, em São Paulo. Ele se deixara levar, sem protestar. A mulher, porém, protestou. Foi aos jornais. Dizia que o tio queria se casar com ela, para legitimar o filho e vovô sabendo disso, o internou.

O jornal contava estórias fantásticas sobre a família, sobre a sua fortuna, sobre o orgulho de vovô. Que nada! Já tinha havido outro tio meu que se mandara para o interior e sumira. Vovô foi descobri-lo anos depois, vivendo com uma mulher sem ser casado, uma filharada enorme. Obrigou-o a se casar imediatamente e apareceram todos na fazenda, muito tímidos. Os meninos olhavam para a gente como animaizinhos assustados. Passamos logo a chamar de tia a mulher de meu tio, e os primos recém-chegados foram recebidos com muitas festas. Tinham todos os olhos de vovô. A nova tia aprendeu uma porção de coisas, ficou ótima, era ótima.

O que vovô estava fazendo agora com tio Nonô, era por conta de suas origens prussianas. Um ato de força, dessa força que ele, às vezes, não controlava.

Telefonei a papai:

— Vovô não pode fazer isso com tio Nonô, coitadinho. Só para não contrariar vovô, ele é capaz de ficar louco de verdade.

Papai ligou para vovô. Disse que ia buscar tio Nonô.

Vovô disse:

— Olhe, Osvaldo, se você fizer isso, eu interno você também!

Meu tio médico, interveio. Conseguiu trazer o tio Nonô de volta. A rádio de Guará, durante dias, só falou no assunto.

Tio Nonô, coitado, acho que antes de morrer, casou. Na cidade, não sei por que, era chamado O Príncipe. Deve ter sido um casamento morganático. Tio Carlos, que se parecia tanto com tia Inaiá, era chamado O Rei. Esse, sim, tinha majestade. Parava pouco na cidade e, às vezes, quando morávamos em Juiz de Fora, aparecia lá, sempre muito bem-vestido, fazendo sucesso.

Casou-se com uma moça de Guará, amiga de tia Inaiá, que nós chamávamos de Dudu. O pai, viúvo, era deputado em São Paulo, e tia Dudu, criada com muita independência, costumava escandalizar a cidade. Era daquelas consideradas em Minas "faladíssimas".

Lembro-me do noivado e do enorme jantar servido. Para nós, sobrinhos, o noivado de tio Carlos foi um acontecimento. Ele era a elegância, a beleza, o charme. Atirava com perfeição, nadava, jogava tênis. Suas roupas eram diferentes, tinham corte. Corte, para roupa de homem, era um detalhe ignorado no interior. As do tio Carlos "caíam". Para o tênis, usava calças de flanela branca. Eu só conhecia isso no cinema. No dia do noivado, todos os homens de azul-marinho, ele de flanela cinza. Tia Dudu era baixinha, graciosa, mas não bonita. Para ele, queríamos uma princesa. Para nós, ela não estava à altura.

Na mesa de jantar, a grande fruteira de prata com dois andares, estava coberta de rosas vermelhas.

Duas pequenas bacias também de prata, arrumadas por mamãe, traziam rosas mais claras. A sopa era de aspargos e tinham matado várias galinhas-d'angola (cujos ovos íamos procurar de tardinha, quando crianças), mortas excepcionalmente, em ocasiões de grande gala como aquela. As compoteiras vinham cheias de ambrosia. Não se tomava champanhe ao fazer a saúde e sim vinho do Porto.

Tia Dudu... Quando fui visitá-la, anos depois, em São Paulo, a empregada ofereceu balinhas de coco, embrulhadas com papel frisado, iguais às que Mulata servia, em bandejas, no dia do noivado. Lembrei-lhe o detalhe:

— É — me disse — é uma receita dos Jardim.

Nunca mais a vi. E os Jardim? Seus jardins, perdidos. Juntos na mesa, tomando o seu Porto. Juntos agora que falo neles.

TIA INAIÁ

Dos irmãos, apenas tio Carlos, tio Orlando e ela, puxaram os olhos de vovô, verdes. Eram de um verde especial, consistente, compacto. Não lembravam mares e sim montanhas.

Rosto mais para o redondo, maçãs salientes. Boca idêntica à de vovô, rasgada, cheia. Dentes perfeitos. Tom de pele moreno, mas colorido, provavelmente pelo sangue alemão.

Não gostava do próprio nome e ninguém sabia onde vovó o fora buscar. Mas este, inexplicavelmente, lhe ia bem, ou melhor, ela transformava o nome. Nunca vi nada que lhe fosse mal.

Entre todos os filhos de vovó e vovô, destacava-se imediatamente. Os outros ficavam meio apagados na presença de vovô. Ela, não. Abria-se, expandia-se. Parecia um prolongamento dele.

Vi-os brigar algumas vezes, o que me parecia inacreditável. A tia o olhava nos olhos, enfrentando-o. Não levantava a voz. Mas falava exatamente no mesmo tom.

Brigavam era por causa de um namorado, chamado José Vicente. Ela devia ser muito nova, eu meninota. Vovô, do alto da varanda, via-a jogando tênis com ele. Uma vez, quando ela voltou, de raquete na mão, interpelou-a. Ele de chicote, ela de raquete. Dariam um quadro, um *close* de cinema. Possuía uma arma que vovô não dominava: a ironia. Substituía a violência pela mordacidade.

Namorou José Vicente o quanto quis. Ele lhe mandava bilhetinhos para a fazenda. Ela me lia os bilhetes. Eu acompanhava o romance como se estivesse participando de um ritual sagrado.

Já mais tarde, quando fomos morar em Guará, teve um namorado em São Paulo, que ia visitá-la num avião particular. Eu achava lindo, um herói baixando das nuvens para ver tia Inaiá. Pensava que, evidentemente, ela não podia fazer por menos.

Na família, apenas tia Inaiá e papai tinham verdadeiro apego à literatura. Para papai, sempre foi mais importante ler do que viver. Para tia Inaiá, viver era mais importante, mas lia muito. Ficávamos lendo juntas na fazenda, pela noite afora. Sobre *A Montanha Mágica* tivemos longas conversas. O problema do tempo me atormentou cedo. Líamos em voz alta as longas digressões sobre tempo e espaço. Tia Inaiá, entretanto, não tinha a minha angústia metafísica e religiosa. Não era mineira. Conversar com ela me desanuviava. Concentrava-se na vida, não na morte. Papai, talvez por ter vivido tanto em Minas, tinha virado mineiro. E além disso, não falava. Mamãe falava, papai era mudo.

Na fazenda eu devorava os livros de tia Inaiá. As dedicatórias, sobretudo, aguçavam a minha imaginação. *O Lobo da Estepe* tinha uma que era apenas isto: na parte de "só para os raros", estava escrito "para a Inaiá".

Os livros de papai se encontravam encaixotados, em decorrência da nossa mudança para Guará. Muitos deles foram destruídos, comidos pelas traças.

No começo, tia Inaiá me intimidava, como se fosse uma entidade mágica. Depois me envolveu. Das suas brigas com vovô, seus namoros, descobri que era humana.

Cedo foi morar em São Paulo. Achava que mulher só podia se impor trabalhando. Contra a vontade de vovô arranjou um emprego. Dispensou a mesada.

Quando me desquitei deu-me o seguinte conselho: não depender economicamente de nenhum homem. Achava que essa dependência atrapalhava qualquer relação. Foi uma lição que aprendi e segui rigorosamente.

Casar, parecia não entrar muito nas suas cogitações.

— Pode ser que aconteça — dizia — mas vai demorar.

Procurava me vestir igual a ela. Na fazenda, uma

das nossas brincadeiras era usar os seus vestidos. Tinha roupas lindas. Tirei um retrato com uma delas, branca, de jérsei. Eu, encostada numa coluna, o vento batendo nos cabelos. Ficou lindo. Fazia um sorriso de Hedy Lamarr, com quem (diziam) tia Inaiá se parecia.

Preferia-me às outras sobrinhas, pelo menos nessa época. Sentia a carência e a adoração. A adoração não alimentava, a carência supria.

Uma vez, escutou mamãe falando mal dela, dizendo não ser boa companhia para mim. Mamãe, coitada, era extremamente ciumenta. Eu fiquei com vergonha, mas tia Inaiá apenas fechou cuidadosamente a porta para que não se soubesse que tinha escutado.

Era visceralmente contra Hitler e discutia com vovô a respeito. Dizia que era um dos ditadores mais ridículos jamais aparecidos. Aquele bigode só cabia em Carlitos. O resto da família podia não concordar muito com vovô, mas ninguém tinha coragem de dar uma como essa de Carlitos...

Tia Inaiá era solar. Eu, noturna. Ela irradiava. Eu guardava. Juntas, nos compensávamos.

Casou-se tarde, como previra, com Renato, um arquiteto italiano, que tinha a desproporcionalidade longilínea das figuras de El Greco. Um ser profundamente sofrido. Estivera preso durante a guerra, quando a Itália invadira a Etiópia. Contava sempre que, tendo sido aprisionado e estando a caminho de um campo de concentração com outros prisioneiros num carro aberto, um bando de pobres mulheres etíopes fora ao encontro deles, oferecendo frutas. Uma não tinha nada para dar e estendeu o menino que amamentava, para que Renato segurasse por uns instantes e sentisse o seu calor.

Mais tarde, conseguiu fugir da Europa e foi morar na Argentina. Da Argentina, mudou-se para o Brasil, onde conheceu tia Inaiá. Tinham uma vida tranqüila, muito musical, pois a vitrola estava sempre ligada tocando Bach, Vivaldi. Respirava-se música em sua casa.

Tia Inaiá possuía a voz mais especial que já conheci. Lembrava, na cadência, a de vovô. Falava musicalmente e as palavras saíam como se fossem da boca de uma fada, transformando-se imediatamente em objetos, seres. Quando falava de uma flor, a flor surgia.

Nunca teve religião. De Deus, simplesmente prescindia. Tinha o que sempre me faltou: a coragem de viver sem Deus.

Tia Inaiá mexeu profundamente na minha vida. Deu-me forças que não teria tido sem ela. Abriu todos os caminhos que percorri. Encantou, enfeitiçou a minha infância, a minha adolescência. Foi o meu primeiro alumbramento.

O PINHEIRO

Atrás da casa, havia um bosque de pinheiros. Era logo depois do terreirão de café e podia vê-los abrindo a janela do meu quarto. Com o luar ficavam todos meio iluminados.

Em frente à casa, porém, existia aquele isolado. Sempre o amei mais do que aos outros. Creio que os pavões, também, porque costumavam pairar a seu pé, atraídos por sua beleza.

Se chovia, virava um pinheiro de Natal, pois as gotas d'água o guarneciam com minúsculas bolas prateadas.

Uma leve brisa fazia com que se movesse suavemente. À luz da lua, deixava de ser real. Era puro sonho.

Estava nele contida a minha visão do mundo. Quando deixei a casa, nunca mais o vi. Lembro-me dele como uma coisa viva. E dói esse lembrar.

A VOLTA

Depois de um ano em Guará, quis voltar a Juiz de Fora. O colégio em Guará não era bom e eu pretendia fazer faculdade. Não foi fácil convencer a família, mas tia Inaiá me apoiou. Resolveu-se que iria para a Stella Matutina. Saí com meu pai, para pegar o noturno. Foi a última vez que fiz essa viagem. Na varanda, ficou tia Inaiá, acenando. Ao virar na curva, olhei para trás. As luzes acabavam de se apagar. Disse a papai:

— Nunca mais voltarei aqui. — Ele perguntou:
— Por quê?
— A casa me disse — respondi.

E assim foi. Guará, nunca mais vi. Da casa, fizeram um clube. Mas para mim está tão morta como vovô, vovó, tio Nonô, tio Orlando, tio Mário, tio Vicente, tia Léa, tia Dudu, Delfina. Morreu nos anos 40, no meio da noite. Tão morta ou tão viva?

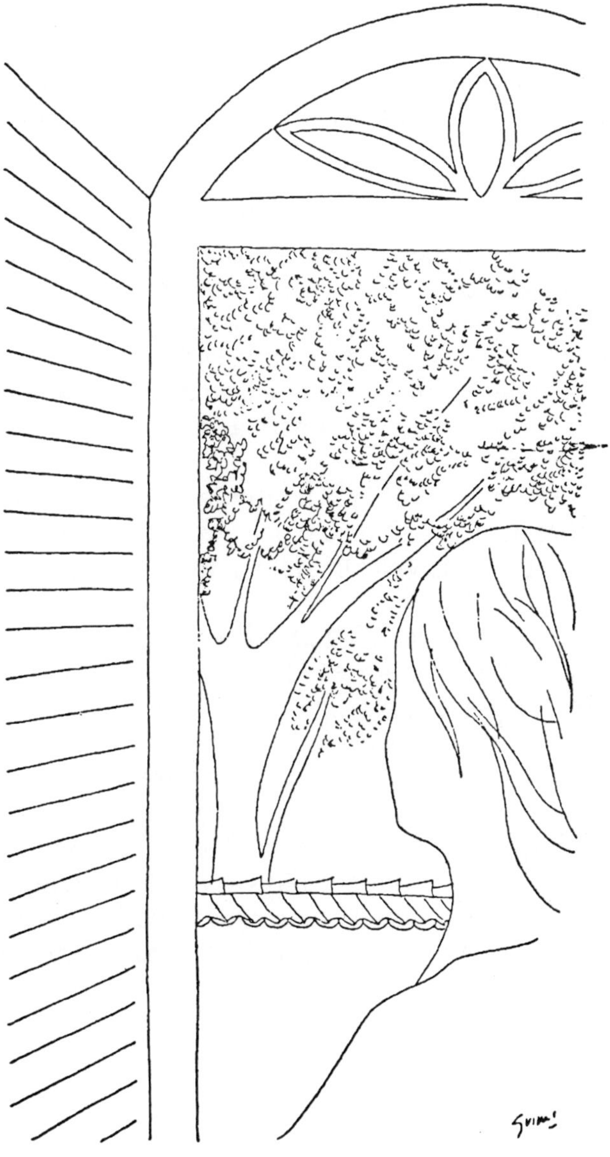

Fui visitar Dona Carolina, logo que cheguei. Ela me achou muito elegante.

— Vê-se logo que esse seu vestido não é daqui.

Era de tia Inaiá, herdado. Laura estava na Europa, tentando esquecer Joaquim. Recebia cartas dela de Paris, do hotel Lutécia.

No começo, a idéia era me deixarem interna. Mas só agüentei seis meses, embora gostasse daquele mundo limpo, bem ordenado, cheiro de pão fabricado no colégio, de incenso na capela, coro de freiras.

Porém, a sensação de estar presa me exasperava. Saí do internato e fui viver em casa das tias. O regime era duro. Às nove horas iam para a cama. Eu não tinha a chave da casa.

— A responsabilidade é grande — diziam elas.

Pobre de mim, ainda tão perplexa com a vida, sonhando mais do que vivendo, tateando. Tão "meiga virgem".

Laura voltou, decidida a acabar com Joaquim. Havia conhecido um grego em Paris que se apaixonara furiosamente por ela. A gente fingia que acreditava.

Por essa época, papai se mudara para o Rio com a família. Terminando as aulas, eu iria para lá.

Tudo se tinha transformado. Eu mal conhecia o Rio. Minhas raízes não estavam ali e eu não sabia viver sem raízes. Era um ser tão rural, tão calcado na província! Tinha medo de mar. Quase pedi a tio Mário para ficar morando em casa dele. Mas era preciso ir e fui.

O CLUBE

Ficava na esquina da Avenida Rio Branco com a Rua Halfeld. O prédio era *art-nouveau* francês, algo meio indefinido, mas muito especial. Talvez seja melhor dizer que não tinha nenhum estilo.

Por dentro sim, tinha. O salão era completamente francês. Os móveis, franceses, Luís XVI, dourados. Eu era muito menina para entender de estilos, de modo que fica tudo meio vago no meu espírito. A impressão que guardo é de extremo refinamento. Devia ser mesmo. A cidade, naquele tempo, tinha classe.

O clube foi sempre um lugar importante para mim. Procissões, carnavais, desfiles eram vistos de suas sacadas. (Lembro-me de uma *marche aux flambeaux* integralista, a que assisti dali. As camisas verdes pareciam fosforescentes, os rostos também. Era um verde meio sinistro. Não gostei.) Depois do jantar íamos, às vezes, tomar sorvete de coco, delicioso, servido em tacinhas de prata.

Uma das coisas que mais me deslumbraram na infância foi ter me encontrado um dia, no elevador, com Antônio Carlos de Andrada, e ele ter me levantado no colo. Era um homem lindo.

Sabia que vovó tinha brilhado no clube e podia imaginá-la de *lorgnon,* sentada numa daquelas cadeiras douradas.

Mamãe o freqüentava muito e ali tinha reinado quando mocinha. A sua beleza era lendária na cidade. Ela me contava que, no tempo em que o Cinema Central tinha orquestra, ao entrar no salão, esta imediatamente se punha a tocar a sua valsa preferida, que era *Rosas de Istambul*. Às vezes retirava de caixas antigas, crônicas mundanas da época e lia para nós. Sempre falavam dela e do clube.

Os bailes ali, em geral, eram a rigor. Ver mamãe se vestir era uma festa. Ela possuía uma elegância natural e heráldica, ao mesmo tempo. Gostava mais dela imóvel do que andando. Era uma imagem, um quadro, um retrato, feita para a contemplação.

O meu primeiro baile a rigor no clube foi em companhia de Lally, minha prima, levadas por tia Edith. Eu estava tímida, no meu primeiro vestido comprido, de tule branco. Lally, copiava Scarlet O' Hara em *E o Vento Levou...* Ela era grande, exuberante. Eu parecia consumida ao seu lado. O primeiro baile no clube, era uma tradição, quase uma obrigação.

Tão infeliz me sentia!... Eu não tinha a graça e a beleza de mamãe. Não era fácil viver sob essa beleza. No baile me lembrava dela, brilhando nos seus dias de glória. O salão tinha sido feito para outros bailes, em outras épocas, com valsas tocadas por grandes orquestras. Olhava-me nos espelhos das paredes, tinha vontade de entrar por elas, sumir.

Fugi para a biblioteca e me sentei lá. Daqui a pouco entrava tia Edith.

— Fica bem você ficar aqui? Tem que ir para o salão dançar. Vou buscar um par para você.

Obrigou-me a dançar. Morri de vergonha. Pedi a tio Mário que me levasse para casa. Ele levou.

Quando o clube se incendiou, logo depois, não sobrou nada. No seu lugar construíram outro, moderno. Esse, nada tem a ver comigo, com mamãe, com vovó. No outro, posso ainda imaginar vovó sentada de *lorgnon,* mamãe dançando deslumbrante, e me ver, consumida, no meu vestido branco vaporoso.

UN CARNET DE BAL — LES ENFANTS DU PARADIS

Un carnet de bal trazia a imagem daquele primeiro baile com que toda adolescente sonhava na infância e que, em geral, não acontecia nunca.

Depois de passados muitos anos, a mulher, viúva, encontra o carnê de seu primeiro baile. Fecha os olhos e o recorda em todo o esplendor. E tem a fantasia de rever os seus pares, cujos nomes estavam gravados no carnê. Consegue localizar todos e vai procurá-los. Encontra um por um, esmagados pelo tempo. O mais lírico tinha um cabaré onde se exibia uma bailarina lúbrica.

O filme termina com a mulher entrando no carro para visitar o último com quem dançara. Abre o carnê, olha e diz ao *chauffeur*:

— Para casa. Deste, quero guardar uma imagem intacta.

Tudo era perfeito, a música, a atmosfera, os lugares. Chorei loucamente na minha cadeira dura.

A *Les Enfants du Paradis* já assisti no Rio. Foi na época áurea do cinema francês. O filme era um mundo, cada personagem também. Estranho — ambos, o mundo do filme e o mundo que o levou, desapareceram. Saí do cinema e senti no ar toda aquela atmosfera. Carreguei-a comigo durante muitos dias. Garrence, Garrence, Garrence. Ninguém se chama Garrence.

MAIS TIOS

Tio Aníbal teve duas brigas com papai. A primeira, eu era pequena — mal me lembro, mas me recordo nitidamente do seu vozeirão ecoando. Foi por causa de Antônio Carlos. Acho que papai, apenas por espírito de contradição, resolvera defender Bernardes. O tio o expulsou de casa. Toda a família era fanática por Antônio Carlos, de quem meu tio Maneco, que nunca cheguei a conhecer, fora secretário.
 A segunda briga, eu lembro bem. Foi por causa da guerra. Tio Aníbal era apaixonado pela Inglaterra e sobretudo por Churchill.
 Mas naquela família apaixonava-se de forma drástica e definitiva. Todo mundo vivia brigando entre si e com os outros.
 As brigas do tio Aníbal no clube eram famosas. Ele se sentava no sofá com o seu grupo de admiradores. Falava rodando um chaveiro, sestro que o acompanhou pelo resto da vida. Sua figura impressionava — enorme de gordo, bela cabeleira, fronte larga. Vestia-se impecável, de colete. Usava bengala. Se algum adversário ousava contestar, tio Aníbal o liquidava, o fulminava como se lançasse raios. Tão

jacobino. Era um tipo para a Revolução Francesa, para a Comuna.

Quando voltei de Guará, já tinha adoecido. Passou na cama o resto da vida. Nunca entendi bem a sua doença. Tinha sido jornalista, diretor de jornal em Juiz de Fora. Era um homem ativo, respeitado, conhecido por sua violência. De repente, deitado como tia Buducha. Deitado e comendo. Tia Vivinha, que como tia Cecília, tinha ficado solteirona, tomava conta da casa. Os três foram morar juntos depois que desfizeram a casa de vovó. No almoço e no jantar, infalivelmente, tio Aníbal se levantava da cama para comer. Comia montanhas. Tia Vivinha caprichava na comida, que era deliciosa, sobretudo os pastéis. Fazia cocadinhas brancas, amarradas de fitas de cetim. Broas de fubá para o lanche. Tio Aníbal lia e comia. Eu pensava: seria doença mesmo, ou aquela vocação para deitar e comer que toda a família tinha?

Talvez, tio Aníbal, tendo engordado tanto, tivesse vergonha de sair na rua. Falavam que os moleques caçoavam dele. De qualquer forma, a não ser pela gordura exagerada, nunca vi qualquer outro sintoma de doença. Diziam que tinha polinefrite e não podia comer arroz. Mas comia aos montes.

Alguns amigos ainda o iam visitar. Mas acho que ele não gostava muito de se mostrar. Eu entrava pouco no quarto, era desconfortável ver aquele homem sempre deitado.

Lia sempre. Os amigos mandavam livros. Estava a par de tudo que acontecia, sobretudo de política.

Quando o Brigadeiro se candidatou eu, entusiasmada, freqüentava os comícios. Levei uma ducha fria quando tio Aníbal me disse que ele era um boboca e não ganharia nunca as eleições. Tio Aníbal era PSD (não por temperamento, mas por senso de realidade), achava a UDN um bando de lunáticos. Tinha certeza de que o Getúlio voltaria.

Lembro-me de mim, conversando com tio Aníbal, contando-lhe o filme *E o Vento Levou...* Ele não ia ao cinema havia anos, mas tinha visto Clark Gable.

As tias sempre recomendavam que não discutisse com ele e o obedeciam cegamente.

Acho que nunca mais existirá esse tipo de mulher como tia Vivinha. Dedicou sua vida primeiro a vovó, tratando dela, depois ao tio Aníbal. Sem queixas, sem dramas, cumprindo simplesmente o que lhe parecia natural. Tinha sido bonita, ainda era. Não se casou (dizia) porque vovó não aprovou o pretendente, que era poeta. Cultuou aquele romance o resto da vida. Assentava-lhe o romance — longas olheiras, olhos românticos. Sua única distração era cantar no coro da igreja, na missa das dez. Às vezes cantava em casa: "A tudo eu disse adeus, ao te deixar por entre flores." Era lindo. Ficou também gorda, mas, coitada, não tinha muito tempo de se deitar. Cuidava ainda de tia Cecília, que vivia doente, cultivando uma vesícula. Seu quarto cheirava a remédio. Das tias, foi a única que não engordou, devia ser a vesícula. Naquela casa, com tio Aníbal e tia Vivinha tão gordos, parecia um passarinho. Era filha-de-maria e sua maior amiga era Célia, irmã de Laura. Tinha ciúmes de Célia. Tia Cecília não saía de casa (não viajava para não enjoar) e Célia ia lhe visitar. Sua grande paixão tinha sido um jovem pobre que conhecera quando mocinha, no Rio, e que não se casara com ela por não possuir

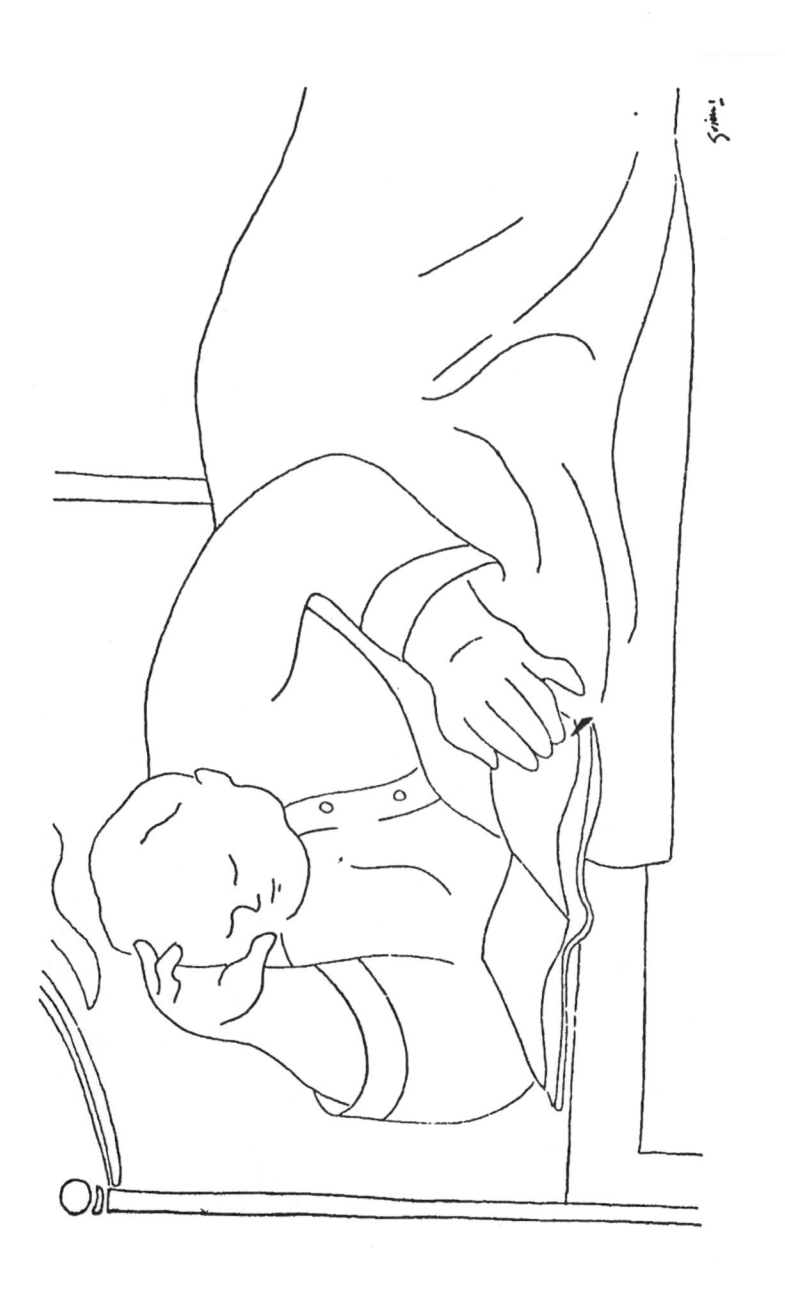

uma condição social adequada. Chamava-se Lourival Fontes.

Tia Vivinha, depois que tio Aníbal morreu, dedicou-se aos sobrinhos. Tia Cecília, de certa forma, também.

Fico pensando na vida que não viveram, sobretudo tio Aníbal, afogado na província, na sua gordura. Os doces de tia Vivinha, suas cocadinhas com fitas, nozes em caixinhas, seus presuntinhos, acabarão com ela.

Não viveram? Mas se "mesmo tudo não é nada..."

O RETIRO

Estudava num colégio de freiras alemãs, chamado Stella Matutina. O uniforme era cômico: saia pregueada de lã azul-marinho, blusão branco bufante de fustão, meias pretas compridas e um boné tipo marinheiro francês, onde estava escrito em letras douradas Stella Matutina. A nota, para mim, entretanto, era a gravata, que, saindo de uma gola redonda, pregada num elástico, apertava cruelmente o nosso pescoço. Tais requintes só podiam, evidentemente, ser imaginados por freiras. E mesmo assim, não tinham termo de comparação com os que imaginavam para si mesmas. Uma vez, quando era interna, nas minhas incursões furtivas e proibidas pelo colégio, fui dar num lugar onde suas roupas interiores quaravam — eram calções de morim grosso que iam até o joelho, imensas anáguas rodadas, também de morim. Todos esses apetrechos debaixo do hábito. Havia umas tiras largas. Seriam para apertar os seios? Sutiã não havia.

Eu era muito piedosa e me esforçava para levar tudo a sério. No catecismo, tinham me mostrado um desenho do inferno. Não queria saber de brincadeiras com aquilo. Vivia rezando e comungando. Em uma aula de Religião, a irmã Teófila contou que uma mulher ficou endemoninhada porque engoliu uma alface onde estava sentado um diabinho. Passei a imaginar que essas entidades tinham especial predileção por alfaces e durante anos evitei-as cuidadosamente.

Mas eu carregava também o meu pequeno diabo particular e quando comecei a perder a fé, dei trabalho às freiras. Era chamada, por elas, "o bode negro", o que em alemão tinha o mesmo sentido de "ovelha negra". Minhas irmãs continuavam como modelos de bom comportamento e o apelido era usado em casa.

Mas gostava do colégio, seus longos corredores, suas portas misteriosas, o grande refeitório com ar medieval, rezas na capela, mês de Maria.

Gostava, sobretudo, dos retiros, quando era permitido invadir o recinto das freiras. Havia um riozinho claro, com vias-sacras plantadas nas margens. As flores nasciam ao acaso, com invejável naturalidade. Eu deitava na relva e ficava olhando o céu. Nessas horas, estava disposta a aceitar todas aquelas verdades, sem discussão, a vida sem tortura. Deus, o diabo, o inferno, purgatório, era tudo assim mesmo, como as gravuras do catecismo. E tudo o que eu devia fazer era rezar e não pecar.

Mais tarde, porém, quando o padre Saulo ia pregar no auditório, eu não resistia. As meninas podiam fazer perguntas em papeluchos brancos. Eu fazia as mais impertinentes: "Que importância tinha para Jeová saber se Abraão gostava mais dele do que de seu filho pequeno? Por que tinha que mandar Abraão matar o menino para provar o seu amor? Jeová tinha tido um acesso de loucura ou era assim mesmo?" ou: "Por que Jeová protegia o povo judeu e mandava que ele passasse na espada os povos vizinhos? Ele só gostava de judeu?" ou: "Por que deixaram São José sofrer tanto quando Maria estava esperando filho do Espírito Santo? Não era mais fácil terem-lhe dito logo a verdade?" Essa última pergunta, é claro, o padre não leu.

Quando fui interna, as freiras ficaram meio na dúvida se me recebiam ou não. Mas por causa de mamãe e do meu comportamento anterior, me aceitaram. Por isso, procurei proceder bem. Mas como suportar, eu já adulta, já leitora de Sartre, longas conversas com tia Inaiá, aquele mundo?

Como tinha pouca saúde, consegui ficar em quarto particular, com outra moça. Era filha de um rico fazendeiro, usava cabelos tipo Cleópatra. Um dia me disse que eu havia nascido para ser artista e ainda seria escritora. Achei graça.

Comecei a estudar filosofia com um professor magrinho, perfeitamente idiota. Comprei *História da Filosofia,* de Will Durant, e passei a estudar sozinha. Depois enveredei pelos caminhos de Bergson. Era difícil ler no colégio. Eu tapeava as freiras, encapando os livros com papel pardo.

Houve escândalos, casos de amor entre meninas, a expulsão de uma aluna de pés enormes, de quem contavam, em voz baixa, casos horríveis. Soube dela nos anos mais tarde. Tinha virado aviadora. Aquela capacidade de imaginar a vida é que era boa. Não havia realidade e sim fantasia. E nas horas de retiro no jardim das freiras, até o céu me parecia garantido.

A ODISSÉIA

Ruth era minha colega de turma. Baixa, muito loura, olhos risonhos, expressão feliz. Irmã de Helena, que fazia tanto sucesso. Helena era agitada, Ruth tranqüila.
    Sua mãe, Dona Odete, uma das mulheres mais vibrantes que já conheci. Um espírito moderno, aguçado, participante. Jogava tênis e punha nesse esporte toda a sua vitalidade, energia, meio bloqueadas pela vida pacata da cidade. Dirigia um grande carro, que parecia pesado demais para ela.
    Foi sempre grande amiga minha, e nos meus domingos de folga do colégio interno, me abrigava em sua casa. Uma casa alegre, com risos ecoando. O quintal imenso, tinha jabuticabeiras e uma mesa enorme, onde se costumava almoçar em dias especiais, Malvina, a empregada eterna, ali servia as jabuticabas, em dias também memoráveis.
    A amizade de Dona Odete por mim ficara provada uma vez em que foi procurada para receber queixa a meu respeito.
    Eu tinha feito uma poesia que correra a cidade. O fato se dera assim: no colégio havia uma benemérita muito mandona, que se intrometia em tudo. Ela usava

chapéus, desde manhã até a noite. Ninguém mais usava chapéu na cidade, só ela. Nas nossas festinhas de fim de ano, peças teatrais (nunca me esqueço de quando levamos *Fabíola,* todas com roupas de papel crepom, as meninas vestidas de centuriões romanos com saiotes compridíssimos, para não deixar os joelhos à mostra), lá estava ela, metendo o nariz em tudo.

As irmãs a tratavam com a máxima deferência. E nós, também, coitadinhas, que não a suportávamos, tínhamos que reverenciá-la.

Uma vez, eu, irritada, durante a aula da irmã Teófila, escrevi um poema chamado "A Odisséia de um penico", que falava no chapéu da benemérita. Escrevi a poesia e entreguei à Ruth. Ela riu tão alto que irmã Teófila se levantou e apanhou o papel. Ao lê-lo, ficou rubra e saiu da sala. Foi o quanto bastou. Aos rogos de Ruth tornei a escrever o poema, que foi andando de mão em mão. A classe ria sem parar.

A irmã Superiora me chamou. Mamãe estava em Guará, papai tinha estado preso, todo o colégio participara dos acontecimentos. Ela não teve coragem de me expulsar. Referiu-se a mim como o "bode negro", falou da minha irreverência, indisciplina, desrespeito aos mais velhos. Tirou-me a saída de domingo. Pedi para ficar externa. Concordou. Disse que eu punha idéias na cabeça das meninas.

Mas "A Odisséia" corria a cidade e chegou às mãos da benemérita. Indignada, sem poder ir se queixar à mamãe, que estava em Guará, foi falar com Dona Odete.

Telefonou, marcou visita e lá se foi de chapéu e luvas, soleníssima.

Disse tudo o que queria. Aconselhou Dona Odete

a proibir Ruth e Helena de falarem comigo. Esta ouvia impassível, servindo biscoito *champagne* com sorvete de amêndoas.

No fim, a benemérita perguntou:

— Você, Odete, que providência vai tomar?

E Dona Odete:

— Olhe Carlota, eu não vou tomar nenhuma não. Você, sim, devia tomar — atirar no lixo esse chapéu ridículo, que se parece definitivamente com um penico, e não usá-lo nunca mais.

A benemérita desmontou. Desde esse dia, passou a usar apenas um veuzinho no rosto.

PADRE SAULO

Alemão, falava português com sotaque, mas era bom pregador. Foi durante muito tempo, o capelão do colégio. Pregava com tamanha eloqüência que seus sermões passaram a atrair muita gente à missa. Além do mais, tinha bela figura: alto, louro, corado, tipo cinematográfico.

Nunca vi ninguém pintar o inferno tão feio. Padre Saulo o descrevia com tantos detalhes que parecia tê-lo vislumbrado através de alguma fenda aberta na terra. Quando falava no "ranger de dentes" a gente quase ouvia o barulho.

Os pecados que levavam ao inferno eram aqueles que ele considerava escandalosos: os namoros, as roupas, o cinema, as danças indecentes. E as falsas religiões! Contra elas se levantava, dedo em riste, possuído da santa ira.

Do céu, falava pouco. Devia achar que ninguém ali o merecia.

Quando menina, padre Saulo me apavorava. Eu me sentia mais rodeada de demônios do que Santo Antão no meio do deserto.

Uma vez, fui me confessar, com um vestido de manga curta. Ele me disse:

— Menina, você já viu quadro de santo com manga curta?

Não havia.

Na época em que estudei interna, padre Saulo ainda era o capelão, mas eu já havia perdido a fé. Perguntou-me logo por que não confessava nem comungava. Disse-lhe que não acreditava mais.

— São as provações do demônio — respondeu.
— Vou rezar muito para ele ir embora.

Agradeci. Desde então, sempre que pregava na missa, não tirava os olhos de mim. Certa vez, me falou que não ficava bem eu estudar num colégio católico sem ter religião. Respondi que iria para o Grambery, colégio protestante, cuja existência, na cidade, padre Saulo admitia penosamente.

— Se for, vai ser excomungada. Você e toda a sua família!...

Disse-lhe não querer ver mamãe excomungada e que, por isso, era melhor continuar ali mesmo, onde poderia, inclusive, reencontrar a fé. Ele concordou.

Na aula de Religião, apesar de tudo, era a melhor aluna. Lia a Bíblia toda, conhecia os personagens e os incidentes. Tirava dez nas provas. Tinha sido professora de catecismo e o sabia de cor. Irmã Teófila dizia que eu cometia "o pecado contra o Espírito Santo", pois recusava a verdade. As meninas me olhavam receosas.

Como eu havia sido muito católica, atribuíam tudo à obra do demônio para perder a minha alma. Às vezes, até eu mesma achava que era.

Um dia, deixei padre Saulo muito atrapalhado durante o retiro, pois perguntei se as freiras eram esposas de Cristo. Ele disse que sim.

— E os padres? — perguntei — São esposos de quem? De Nossa Senhora?

— De ninguém — respondeu.

— Uai — disse eu — que preconceito contra os homens! Só as mulheres podem ter marido?

Por essa época, instalou-se na Rua Halfeld uma livraria destinada a vender livros espíritas. Padre Saulo ficou fora de si. Todos os domingos, do púlpito, falava contra o escândalo. Procurou o prefeito, as autoridades. Nada.

Então, teve a idéia. Num domingo, mandou que as meninas se vestissem de virgens e de anjos. Fez uma procissão, duas a duas, ele na frente. Foram marchando do colégio à Rua Halfeld. Levavam caixinhas na mão.

Ao chegar em frente à livraria, abriram as caixas repletas de pedras. Atiraram todas na vitrine, sob o comando de padre Saulo, implacável como o anjo que expulsou Adão e Eva do Paraíso.

Depois, triunfante, subiu a Rua Halfeld, seguido das meninas assustadas.

No sermão, disse que os inocentes tinham vingado o Reino do Senhor.

Coitado, nasceu para mártir, mas não lhe foi dado.

A AÇÃO CATÓLICA

Nunca cheguei a fazer parte, realmente, do movimento, mas fui a algumas reuniões e, de certa forma, estive ligada a ele. Na família de tio Mário, as mulheres tomaram parte ativa na sua implantação e, depois, na sua direção.
    Quando começou a funcionar, o meu entusiasmo pela Igreja estava no auge. Achava que não podia ficar de braços cruzados. Tinha de participar, agir, e por isso resolvi me engajar.
    A minha estréia foi em uma casa na Rua São João. A excitação era enorme. Acho que devia ser uma data especial qualquer, pois todas as mulheres tinham vestidos brancos, de mangas compridas, e boinas. Pareciam ter vindo de uma espécie de comício, ou procissão. Havia gritos: "Viva Cristo!..." E se respondia: "Rei!" Quando dei conta de mim, também estava gritando.
    Ao chegar em casa, pensei naquele mundo de mulheres gritando e me assustei. Não voltei mais às reuniões.
    Mas, tio Mário dizia sempre que o movimento era admirável, com suas JECS e JUCS, todas destinadas a tornar a Igreja atuante em vários setores da vida. Eu queria fazer parte, mas ficava pensando na

boina branca, no aglomerado de mulheres, e desanimava.

Resolvi seguir um curso, organizado por uma das dirigentes, cuja finalidade era preparar a mulher para o casamento. Casar, nem passava pela minha cabeça, mas o entusiasmo de tio Mário era tão grande, que acabei me resolvendo.

As aulas eram um prolongamento das de Eugênia. A dirigente parece que era considerada uma espécie de "doutora da Igreja". O rosto, lavado, espiritual, de cera. Linguagem cuidada, maneiras polidas. Respiravam-se delicadezas, elevação moral.

No fundo, o que queriam mesmo era casar com Cristo. Não sendo possível, aceitavam um mortal.

A dirigente era casada, o marido pertencia ao Centro Dom Vital. Viviam juntos, "em Cristo". Aliás, a idéia era mesmo essa: fazer tudo "em Cristo".

Como nas aulas de Eugênia, procurava-se falar na relação sexual livremente, pois se tratava de obra do Senhor. Fora inventada, claro, para gerar filhos, mas, *pecado, não era*. Aliás, "não havia pecado nenhum, precisava-se acabar com essa idéia", dizia a dirigente.

Pecado, sim, eram certas perversões. Uma delas, Eugênia já havia me contado: ter relações diante do espelho. A outra, fiquei aprendendo ali, naquele dia: ter relações dentro da banheira, na hora do banho. Levei um susto!...

Passado o susto, não sei que demônio me levou a perguntar se era pecado ter relações sem roupa. Da dirigente, corriam, na cidade, umas estórias; diziam que usava lençóis especialmente preparados para tais ocasiões.

Ela me olhou e respondeu: "Pode-se sim, pois o corpo é feito por Deus. Apenas é preciso ter cuidado com ele, não deixá-lo exposto demais, nem em posições escandalosas!..."

Não cheguei a terminar o curso e não recebi meu diploma de "preparação sexual".

Volta e meia me lembro da dirigente. Ela *acreditava* no que dizia, toda aquela gente acreditava.

Eu queria que existisse mesmo um céu. Todas ficariam lá, pela eternidade, abrigadas, protegidas, plantadas nas suas verdades absolutas.

— Cada qual tem a fé no seu limite — dizia irmã Aglaé.

Aquelas estavam tentando, à sua maneira, salvar o mundo. Mas este era vasto e elas não sabiam.

SEXTA-FEIRA SANTA

Eu passeava com Laura e Sissa na Avenida Rio Branco. A lua, enorme, pesava. Era uma lua de sexta-feira santa. Toda a cidade parada, silenciosa. Nós andávamos e ouvíamos o barulho de nossos passos.

Sentia um mistério impregnando as coisas, uma inquietação, um medo.

Disse à Laura:

— Essa lua não traz nenhuma paz. É trágica, parece manchada de sangue.

Depois ri.

— Será que há *luas de ocasião*?

A sexta-feira santa em Juiz de Fora deixava a

sua marca. Havia o jejum. As mulheres usavam vestes negras. Mamãe preparava canjica para ser tomada no almoço e no lanche. Ninguém jantava. Eu ainda não tinha idade para jejuar, mas fazia as minhas "provações". Abstinha-me da sobremesa.

A empregada preparava a paçoca do sábado de aleluia. Era guardada em grandes latas e comida com banana.

No sábado, descontava-se o jejum da sexta. Comia-se o dia inteiro, parece até que fazia parte das liturgias.

Sexta, mamãe, de preto, ia beijar os pés do Senhor Morto. Nós todas íamos, menos Marilu, que era pequena. Depois do beijo, ajoelhávamos para rezar, pedindo perdão de nossas culpas.

Quando crianças, a empregada nos levava ao Cinema Popular para ver *A Vida de Cristo*. Era terrível, mas a gente achava lindo.

A Procissão do Encontro era famosa. Verônica exibia o rosto de Jesus. Assistíamos a tudo das sacadas do Clube Juiz de Fora. O silêncio envolvia a cidade, só se ouvia a voz dos cantores. Tia Vivinha, às vezes, cantava.

Os cinemas fechavam, as sirenes das fábricas não tocavam. Ninguém cantava, nem a empregada quando lavava os pratos.

Eu passava, de noite, em casa de Laura. Saíamos furtivamente para dar uma volta. Não era considerado um dia para conversas. Seu Bernardo estava grave, silencioso, tio Mário também.

De noite, tomava-se um café. À meia-noite terminava o jejum, mas todo mundo já dormia.

No sábado de manhã os sinos voltavam a tocar.

TIO PEDRO

Tio Pedro mentia. Por que seria? A família tinha as suas frustrações. Parece que aquela viscondice de vovó era meio abastardada tanto que o assunto jamais foi muito ventilado. Tinha havido a pobreza, uma pobreza misturada com requintes, refinamentos, bom gosto, parentesco e amizades com gente muito abastada. Isso devia ter feito as coisas ainda mais difíceis. Aquela raça era orgulhosa e o trabalho foi sempre considerado ali uma espécie de pecha. Ricos, acho que teriam sido indolentes por toda a vida. Será que tio Pedro mentia para compensar suas frustrações? Sabe-se lá.

Tinha vencido na vida, vindo morar no Rio. Não conheci seus tempos de glória, mas fora diretor de um jornal chamado *O País* e crítico de música. Naquele tempo o teatro lírico estava no apogeu. Era um fim de *belle époque*. Tio Pedro pontificava com suas críticas. Vovó tinha camarote no Teatro Municipal, onde usava os vestidos feitos pelas tias no chatô ou os franceses, herdados de Dona Anna Salles.

Mas só conheci tio Pedro, sem jornal e sem crítica, gordo e mentindo. Portava, com a maior graça, um leque preto, com rosas estampadas, pois toda a família era dada a calores excessivos. Morava numa casa grande, em Botafogo. Tia Marieta, sua mulher, era tão gorda quanto ele. Quando iam juntos para a Europa, não podiam andar lado a lado nos becos de Veneza.

É verdade que tio Pedro tinha viajado, mas não tanto quanto apregoava. Não era amigo íntimo de

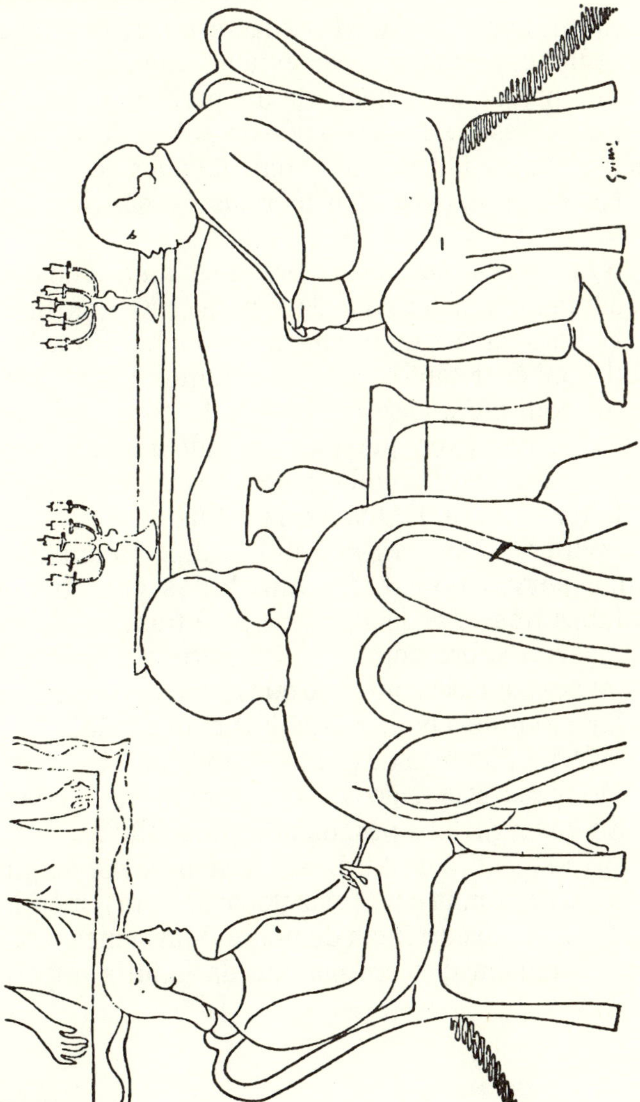

Mussolini, como dizia. Mas suas estórias de viagem eram engraçadíssimas. Descrevia a Itália com tais cores que, quando a conheci, ela me pareceu pálida. No Egito nunca estivera, mas o pôr-do-sol no deserto certamente não era tão glorioso como aqueles que descrevia. Na Índia, caçava com marajás — não fazia por menos.

Quando comia, transfigurava-se. Falava de queijos com tanto realismo que dava para sentir o gosto e o cheiro. Para cada queijo, citava um vinho. Eu achava difícil conhecer tantos queijos e tantos vinhos, mas aprendi com ele a esse respeito tudo o que sei hoje. Dava a impressão de que tinha passado a vida a comer queijos, galinhas-d'angola, patês, caviares (e os pastéis de tia Vivinha?). Quando ia a Juiz de Fora, papai mandava comprar *petit-pois* 00 Philipe Cannot, que mamãe servia com bifes enrolados com bacon, batatinhas finas e pedacinhos de patê francês. Na mesa, discorria sobre comidas. Eu ouvia deslumbrada, embora bem que desconfiasse que muita coisa era mentira. Ensinou-me a comer aspargos com a mão.

Morreu, imenso de gordo, logo depois de termos mudado para o Rio. Não tive coragem de vê-lo no caixão. Só enxergava os pés, da ante-sala. Tão gordos!... Chamava-se Pedro de Alcântara, e sempre me perguntei se a sua estranha e pertinaz vocação para a mentira, não seria uma decorrência do nome. Mas nunca o ouvi dizer a ninguém que era parente da família imperial brasileira.

SARREGUEMINES

Era um aparelho de jantar que tínhamos. Uma louça rústica, campestre, com cenas e trajes da província, ou mais exatamente, da região do Sarre, da Alsácia.
Nós a usávamos muito pouco, pois apesar de rústica, era frágil e lascava à toa.
Ficava sempre empilhada na prateleira e mexer nela foi um dos encantos da minha infância. Sobretudo a palavra Sarreguemines me fascinava. Para mim significava um mundo mágico e trazia ao interior de minha casa regiões mais exóticas do que aquelas que Marco Pólo percorreu.
Quando nos mudamos para Guará, no início dos anos 40, mamãe, com medo de que se quebrasse na viagem, vendeu o aparelho. Vendemos tudo, aliás, menos os livros de papai, alguns cristais, certas pratas e uma louça Wedgewood. O rompimento com a cidade era para ser total e definitivo.
Foi uma tristeza sem fim a venda do aparelho. Até hoje espio para dentro dos antiquários na esperança de ver se reencontro alguma peça.
Eu não sabia muito bem onde ficava Sarreguemines. Mesmo porque, para mim, não era um lugar muito real e eu nunca o poderia imaginar em qualquer mapa.
Senti um abalo profundo, ao ver de repente, no *Guide Michelin*, aquele nome miúdo, mas nítido — Sarreguemines. Nós estávamos, Elza e eu, lá pelos idos de 60, indo de carro de Paris para a Alemanha. Disse a Elza:

— Vamos a Sarreguemines.

E ela:
— O quê?
— Vamos a Sarreguemines.
— Que diabo é isso?
— É uma louça.
— Você ficou maluca?
— Não, mas eu preciso ir lá.
Elza pegou o *Guide Michelin*.
— Onde, aqui? Não é possível, temos que fazer uma volta enorme. Eu não vou!
— Então eu vou, pego um trem.
— Eu não vou.
— Elza, faça o favor. Eu pago a gasolina toda.
— Além do mais é grossa. Não faça essa cara de medusa. Eu vou.

Elza duvidava do meu juízo desde o dia em que eu disse que a Place de Furstemberg se parecia com Juiz de Fora. Jacqueline também, quando tirei da mala, em Paris, uma caixa de prata pesadíssima, contendo fubá, e disse que era para lavar o rosto.
— Onde você aprendeu isso?
— Em Juiz de Fora.

Mas, voltando a Sarreguemines, lá chegamos, por volta do meio-dia. Eu levei um susto!... A cidade *era* Juiz de Fora, como a tinha conhecido em menina. O céu de chumbo pesado. Fábricas de tijolo vermelho. E o que era mais inacreditável — uma sirene de fábrica apitava, idêntica à que tocava em Juiz de Fora ao meio-dia. Só que tudo isso estava envolto em decadência, a cidade tinha um ar de fim-de-mundo.

Perguntamos por uma fábrica de louça. As pessoas olhavam espantadas. Acho que nenhum turista pisava há anos naquele lugar.

Levaram-nos a uma praça medonha (tão Rua Halfeld!...), apontaram para uma porta onde estava escrito — Sarreguemines. Entramos. Que pobreza! Nas parcas prateleiras, apenas cinzeiros, passarinhos, tudo de muito mau gosto, muito miquelino.

Perguntei por um aparelho com cenas da Alsácia. Ninguém sabia. Comprei uma xícara.

Elza não falou comigo o resto do dia.

CONVIVÊNCIA

E de repente, percebo que estou a falar só de mortos. Tia Buducha, tio Aníbal, tio Pedro, eram tão gordos, ocupavam tanto lugar no espaço... Onde ocuparão?

Vovô Nilo, que terras lavrará, que gados apascentará? Vovó, que rosas cultivará? Roberto, com quem cantará?

Nosso convívio com os mortos se torna cada vez mais quotidiano. Mais próximos estão do que os vivos.

Temos que vivê-los dia-a-dia. Como os vampiros, nutrem-se do nosso sangue. Somos a sua única forma de vida.

SEU ALU

Mineiro de Curvelo, onde fixara residência depois de ter se casado com uma moça do Rio.

Morreu a moça. Havia uma prima disponível. Casou. Por essas alturas, já tinha uma casa grande, duas filhas, consultório médico montado com o melhor equipamento.

Ainda se parecia com Paul Muni, o cabelo ligeiramente grisalho nas têmporas.

Morreu a prima. Havia uma sobrinha solteira. Casou. Aumentou a casa, a prole, o consultório.

Cada vez mais tratado, mais impecável no vestir. Baixo, o sapato tinha um meio-salto. O cabelo, começou a pintar. De manhã, mingau de aveia com mel.

Por essa época, tomou um extremado ódio aos aparelhos de rádio. Comprou as casas dos vizinhos, para que o barulho desses não entrasse pela sua.

Chegava do trabalho, tirava o terno, vestia camisola e barrete. As camisolas eram de linho, impecáveis.

Tendo se convertido subitamente ao catolicismo, reunia de noite a família, inclusive os empregados e obrigava todo mundo a rezar o terço.

Na sobrinha, mandava implacavelmente, como mandara nas outras mulheres.

Ela, uma constante mimação com ele. Desde que acordava até a hora de ir para a cama, aquecido, nutrido, leite quente com canela no quarto.

De repente, descobriu, ninguém sabe por que, que rádio era ótimo. Tornou a vender todas as casas da vizinhança. Na sua própria instalou um em cada cômodo, cada qual maior do que o outro. Ouvia todos.

Odiava gatos e mandava matar um por um. Na casa havia uma lata de lixo especial para jogar os gatos assassinados.

Morreu a sobrinha. Ele, desgostoso, se mudou

para Belo Horizonte. Ficou pouco tempo viúvo. Casou com uma moça loura, muito moderna, que vestia *shorts* curtos.
 Visitei-o nessa época. Desmontava. Nem os dentes tinha mais, era tudo postiço, até pó-de-arroz usava, tentando encobrir as rugas.
 A mulher guiava, tinha um carro imenso.
 Um dia, foi tirar o automóvel da garagem. Seu Alu estava na rua esperando. Tão encolhido que ela não viu. Passou-lhe com o carro por cima. Morreu.

A CASA DAS NOSSAS SENHORAS

Eram três mulheres bonitas. Todas três ricas. Poderiam ter viajado, luxado, vivido. Mas, por coincidência, queriam apenas arranjar marido. Por coincidência, não. Tinham sido criadas para casar e aos dezoito anos já estavam disponíveis.
 Eles eram três jovens belos. Um moreno, um louro, um castanho. Belos, mas pobres. Ao mesmo tempo, cortejaram as herdeiras, ao mesmo tempo se casaram com elas. Um deles comentou:
 — Mulher rica em geral é feia. As nossas não, são ricas e lindas! Além disso, virtuosas. Três jóias!
 Casaram, mas não se instalaram no dinheiro. Tinham boa cabeça. Tiveram idéia de fundar uma sociedade, juntar a fortuna das mulheres. Juntaram. Fizeram uma casa bancária.
 Deram-lhe o nome de A Casa das Nossas Senhoras.

O bispo a inaugurou e benzeu a imagem da Virgem, que como todos sabem, está "assim na terra como no céu".

BELO HORIZONTE

Eu ia muito lá, mamãe tinha parentes e Laura também. Marta, irmã de Laura, era casada com Aluísio. Primos, possuíam em comum certo ar de família. Marta era toda Seu Bernardo. Ela e Aluísio se pareciam extraordinariamente por dentro. Rígidos, ascéticos, mas, de certa forma, humanizados pelo amor que sentiam um pelo outro. Marta, talvez mais por amor do que por temperamento, era dócil a Aluísio, ou melhor, obedecia cegamente. Ele era sensível, na sua intransigência, e, diziam, um excepcional cirurgião. Laura e eu, todas as manhãs, tomávamos banho de piscina em casa deles.

    Belo Horizonte era uma cidade estranha. Mentalidade totalmente provinciana, mas ali brotou Carlos Drummond de Andrade, toda a sua geração, e agora, nos anos 40, Fernando Sabino, Paulo Mendes Campos, Murilo Rubião, Otto Lara Rezende e tanta gente mais. Como é que isso acontecia? Andando pelas ruas, pela Praça da Liberdade, Avenida Afonso Pena, eu entendia por quê. Havia alguma coisa no ar, que umas pessoas captavam, outras não. Era algo quase físico — produto do ferro das montanhas, de uma qualidade especial de solo, da clorofila das árvores? Sei lá. Só sei que existia. Nessa cidade eu me sentia mais acesa, mais sensível do que nunca. E mesmo naquela gente que não captava, a coisa funcionava. Tinham aquela ironia peculiar, indescritível, um modo zombeteiro de ser, um senso permanente de ridículo. Até os parentes de Laura, tão sérios, eram dotados dessa espécie de ironia.

Lia loucamente em Belo Horizonte. Gostava de sair à tardinha, quando uma qualidade de névoa muito rala encobria a cidade. Sentia uma certa angústia meio perdida, uma sensação expectante e, até, uma vaga felicidade. Como explicá-lo? Só senti isso em Belo Horizonte.

Heloísa Faria e Heloísa Aleixo eram nossas amigas. Tinham todo o lado provinciano da cidade (Laura e eu, de Juiz de Fora, tínhamos menos) mas, também, uma civilização interior, vinda não sei de onde, de ancestrais remotos. Porque, se a cidade era nova, o povo tinha vindo de longe, de outras cidades, de muitas gerações. Naquele tempo não havia mineiro *nouveau riche*. Esse tipo apareceu anos depois, produto do cruzamento de mineiro com outras raças. E se faltavam hábitos civilizados, se comiam na copa, apesar de suas casas grandes, se vestiam errado, havia aquela propensão para a cultura, para a inteligência e aquela sobriedade no ser, tão próxima da civilização.

A capela de Niemeyer com seus murais de Portinari, estava na Pampulha, sem maiores impactos para o povo local. Não era nem considerada uma atração turística, tão natural parecia. A casa de Heloísa Aleixo era de Niemeyer, uma das primeiras feitas por ele. Guignard pintava e fazia escola ali.

Havia Vanessa Netto, uma espécie de musa da geração. Toda a *intelligentzia* da época passava por sua casa. Fui lá, algumas vezes, com Murilo Rubião. Trazia preso, debaixo do seu fascínio, um grupo enorme. Era mestra na arte de fascinar. A ironia era o seu forte, mas, possuía tão grande causticidade que, se podia dizer, corroía-se a si mesma. Às vezes, me constrangia aquele massacre, e de certa forma, me comovia.

O carnaval de Belo Horizonte era famoso. Existia o Baile do Marinheiro, no Iate Clube. Carnaval típico de província, onde os homens não paravam de beber. Para a festa, os carros iam juntos, em procissão, pela estrada da Pampulha.

À noite, andávamos pela Praça da Liberdade. A cidade, em volta, era mansa. A minha angústia espreitava ao longe, emergindo não sei de onde. Laura recebia um telegrama — "o azul de teus olhos é maior que o azul das Bermudas?" Era de Marco Aurélio. Mas por Joaquim é que chorava, com seus olhos cujo azul seria maior que o das Bermudas.

Um dia, tia Madalena me chamou e disse que eu e Laura estávamos ficando "faladíssimas". Eu conhecia a expressão, desde menina. Em Juiz de Fora havia sempre moças que estavam ficando "faladíssimas". Perguntei por quê. Ela não sabia. Mas nós éramos meio insólitas, não fazíamos o gênero de moças casadouras. Isso inspirava certa desconfiança. Se não queríamos casar, queríamos o quê? Eu também não sabia.

O BANQUEIRO

Pequeno, moreno, olhos escuros, vivos, bigode. Vinha de uma cidade onde a família dominava. Essa, jamais cheguei a conhecer, mas sempre tive vontade. Dali tinha vindo a gente de Laura, tio Mário, cujo pai, Esperidião, era para mim uma figura lendária.

Mamãe lá estivera em mocinha, quando tio Sinhô exercia o cargo de juiz na comarca. Fora para esquecer o namorado militar, barrado por vovó. Sempre contava que, uma vez, o vigário, passando a cavalo pela rua e a vendo suspirar melancolicamente na janela, parou e disse:

— Amor que vai, amor que vem, amor que vai, amor que vem...

Contava, também, que, no dia seguinte da sua chegada, apeara de fraque em frente à casa o velho senador, patriarca da família, a fim de visitá-la, em nome da cidade.

A família tinha requintes, sutilezas, absolutamente peculiares. Quando chegava um hóspede, colocavam sempre que possível, a fotografia do seu parente mais ligado, ao lado de uma jarrinha de flores. Quando ia a Juiz de Fora, tio Mário punha o retrato de mamãe e papai na minha mesinha de cabeceira. Outra constante, também, eram as latinhas colocadas no quarto, com sequilhos, biscoitinhos de hóstia, balinhas.

Essas delicadezas e, certamente, muitas outras mais, tinham para com o Senhor, em função de quem viviam, como se fosse uma pessoa presente. Mamãe dizia que todos os dias um membro da família ia enfeitar o altar na igreja. Sentiu-se honradíssima no dia em que foi escalada para fazê-lo.

Os homens do clã eram virtuosíssimos, casavam-se castos, mas havia uma notável semelhança entre eles e os criados, quase todos agregados à família como sacristãos agregados à igreja. Conheci alguns desses empregados que acompanhavam os membros da família quando deixavam a cidade.

Nesse ambiente, de puritanismo, gentileza e misticismo, fora criado o nosso banqueiro.

Na família, dinheiro era considerado coisa de um certo mau gosto. As casas eram de uma simplicidade clerical. A sobriedade estava em tudo, até na mesa. Eu, acostumada com a gula desenfreada da minha família, ficava meio pasmada com a parcimônia daquela gente ao comer. Nos dias de festa, faziam um prato que só vi, até hoje, nas suas mesas — arroz com marmelo. Eu adorava, e queria comer muito, mas tinha vergonha.

Assim, a casa do banqueiro, no Rio, era grande, meio majestosa por fora, mas por dentro a sobriedade chegava ao desconforto. Conforto, aliás, era um atributo ignorado pela família. Acho que, instintivamente, o achavam um predicado do diabo.

O banqueiro era rico, riquíssimo. Mas se esmerava em não parecer. Para o trabalho, ia de bonde. Não dava gorjetas, considerava exploração. Não saía de casa, considerava futilidade. Não viajava — considerava esbanjamento.

No banco, a política era poupar. Poupar tudo, até o sabonete dos banheiros. Acreditava na fortuna pela economia.

Casara-se com uma prima, grande dama, a qual,

certamente, gostaria que as coisas se passassem de forma diferente. Mas submetia-se, havia o famoso espírito de família.

Não dava jantares, não recebia, jogava gamão. As estórias de sua economia corriam. Usava, havia anos, o mesmo guarda-chuva. Era desses que não perdem guarda-chuva.

Mas tinha as suas veleidades. Contavam na família, achando graça, ter ele, um dia, tirado da algibeira um relógio, dizendo que no Brasil só havia dois, um dele e outro de Getúlio Vargas, ambos mandados pelo presidente dos Estados Unidos. Rico não queria parecer, mas importante... às vezes.

Levantava-se às seis horas; às oito estava no banco. Às nove ia partindo para a cama.

Economizou tanto, poupou tanto. Não usou nunca o dinheiro. Não deu, emprestou o mínimo, guardou.

No fundo era um jogo — brincava de pobre, sendo rico. Blefava, tapeava. Era uma forma de esperteza. Pôs nisso toda a sua arte. Viveu como ator e ninguém percebeu. Nem ele.

MURILO MENDES

Os Mendes moravam em frente à casa de vovó. Dona Zezé ficou uma figura lendária na família. Mamãe e tia Cecília, quando tiveram tifo, foram levadas para a sua casa e tratadas por ela. Seu Onofre, tabelião, foi uma das figuras que mais encantaram a minha infância. Gostava de fazer uma brincadeira tola comigo, mas que me perturbava:

— Rachel, vá ver se estou ali na esquina conversando...

Isso, quando queria falar qualquer coisa que eu não podia ouvir.

Havia uma grande quantidade de filhos, amigos de minhas tias, quase irmãos. Falavam rindo de uma filha do primeiro matrimônio de Seu Onofre, a quem apelidaram de Soíque. Ela, que se chamava Conceição, quando pequena tinha mania de falar "sou rica", o que, pronunciando errado, virava Soíque. Minhas tias nunca a trataram de outra maneira.

A mais moça das filhas chamava-se Virgínia Eucharis, nome que lhe assentava muito bem. Já era amiga de minhas primas mais velhas, muito mais moça que as nossas tias. Acima dela havia Zé Maria, que adorava festas, e logo depois, Murilo.

Dele me recordo mais pelas conversas em torno, do que pessoalmente. Da figura, lembro-me bem. Alto, magro, mãos enormes, rosto comprido. Copiava poesias para mamãe. Um dos meus grandes maravilhamentos era folhear um álbum de poesias, todo escrito para ela.

Ele se mudara cedo para o Rio e suas incursões a Juiz de Fora eram rápidas. Mamãe, já casada, ia visitá-lo e uma vez me levou. Foi o primeiro poeta que conheci.

Mais tarde, quando se tornou conhecido, passei a ler os trechos, copiados para mamãe, com outros olhos. Sua letra era nítida, bem desenhada. Descobri, mais tarde, no álbum de tia Glorinha, um conto que pensei ser de Murilo, mas seria de Carlos Drummond de Andrade. Um conto curto sobre uma noite em que todo mundo olhava as estrelas, menos um homem. Ele tinha uma conta a pagar. Aquele tipo de lirismo mineiro, meio implacável consigo mesmo, unia Murilo e Carlos Drummond, ambos jovens, trilhando o caminho do modernismo.

Quando viemos morar no Rio, Murilo havia ficado tuberculoso e morava em Santa Teresa. Tinha se convertido ao catolicismo. Sua figura de monge desenhado por El Greco devia se adaptar bem ao cenário do Mosteiro de São Bento.

Sentia a maior fascinação por ele. Mamãe ia visitá-lo, com tia Emilinha, e contava coisas engraçadíssimas do lugar onde morava. Era uma casa, onde umas nobres russas decadentes alugavam quartos. Ali viviam vários artistas. Do ar, sempre penumbroso, emergiam violinos antigos, samovares, toalhas de renda, velhos tapetes persas e gatos. As nobres russas pairavam sobre as coisas, sem se destacar bem.

Para Murilo, que (segundo mamãe) não gostava de luz, devia ser perfeito.

Sempre quis visitar Murilo, nessa época. Uma estranha timidez me impedia. Talvez tenha preferido que ficasse, para mim, mais lenda e menos realidade. Mas, como aguardava ansiosa as voltas de mamãe, quando saía para visitá-lo, levando um pacote de frutas...

Depois o perdemos de vista, quando se mudou para a Itália. Passei, anos depois, uma temporada em Roma, em casa de um amigo, seu conhecido. Ele tinha viajado, não me lembro para onde. Mais tarde, esse amigo me diria, que tendo falado a meu respeito com Murilo, ele se lembrou de uma menina de ar assustado, que se chamava Rachel. Boa memória.

O CASAMENTO

Era Helena que casava. Acompanhei todo o namoro, namoro de cartas, pois Francisco estudava Medicina no Rio. As cartas eram uma espécie de ritual, Helena ia para o portão esperar o carteiro.

No começo tinha havido alguma oposição. Helena estava na idade de casar, era muito cortejada e Francisco ainda ia fazer o vestibular. Mas no fim deu tudo certo e iam se casar.

Preparei-me com cuidado para o casamento. Mandei copiar um chapéu imenso, preto, igual ao que Greer Garson usava num filme em que Ronald Colman perdia a memória. Fui de *tailleur* branco e grande chapéu preto.

Hospedei-me em casa de Helena. Ruth, irmã mais moça, tinha acabado de ficar noiva de um primo, depois de um namoro rápido e complicado. Alberto, engajado àquela geração de intelectuais de Belo Horizonte, assustou um pouco a família.

Três dias antes do casamento, Alberto, que ainda morava em Belo Horizonte, apareceu com um amigo. Era uma figura romântica, muito louro, jeito de barão austríaco. Foi um namoro curto mas tão anos 40! Íamos ao cassino da cidade, dançar ao som de boleros. De noite, quando todos dormiam, conversávamos ouvindo *Clair de Lune, None but a Lonely Heart*. Comprou *A Felicidade,* de Katherine Mansfield, e me deu de presente. A dedicatória era assim: "Quando vuelvas, arderón los pebenteros y una lluvia de luceros, a tus pies se estenderán." Nada mais, nada menos que letra de bolero. Conversávamos sobre William

Saroyan — *The Daring Young Man on the Flying Trapeze,* sobre Emily Brontë.

Quando voltei para o Rio e ele para Belo Horizonte, o namoro prosseguiu por cartas. No fundo, o que queríamos era fazer literatura. Fazíamos.

Ele parou de escrever subitamente. Soube, depois, que tinha ido morar nos Estados Unidos. Na minha cabeça, ficou o jovem louro, com ar de barão. De vez em quando relia as suas cartas.

Mais de vinte anos depois, numa festa, vislumbrei algo de familiar num senhor louro, que também me olhava com insistência. Passamos a noite assim, nos vigiando.

E eis que de repente, ambos atravessamos a sala e nos jogamos um nos braços do outro. Queríamos falar e não podíamos. Era ele.

Contou-me toda a sua vida. Tudo tão patético!... Mas, mesmo assim, conseguimos rir de nós mesmos.

Disse-me que relia sempre as minhas cartas e me repetiu frases de cor. Lembrava-se de uma conversa que tínhamos tido, uma leitura que havíamos feito de *O Filho Pródigo,* de Gide.

Em um dado momento da novela, a mãe chama o filho reencontrado para um canto e lhe diz que o filho mais moço também está querendo partir. Pede-lhe que o aconselhe a ficar. O rapaz vai conversar com o irmão, mas no instante em que começa a falar, percebe que ele *devia* partir. E tudo o que consegue lhe dizer é parta, mas *não volte*.

Leopoldo voltava agora. Mas não "ardían los pebenteros".

EDIFÍCIO MIRAÍ

Ficava ali, quase pegado ao cinema Metro, na Avenida Copacabana. Havia o edifício Miraí e o edifício Araí. No Araí morava Fernando Sabino. No Miraí, onde nasceu Sebastião, seu segundo filho, Carlos Lacerda. No andar térreo morávamos nós. Papai o alugou por causa do ponto. Gente engraçada essa que vem de Minas, com a preocupação de ficar em Copacabana, no meio do barulho e do tráfego. Não é só a procura do mar. Talvez seja porque, saindo da província, onde convivem permanentemente, tenham medo do isolamento, no Rio, onde não são conhecidos. Mas, enfim, mineiro a gente não explica muito.

Fomos morar ali, no coração de Copacabana. Atrás do prédio havia uma área grande, onde as crianças brincavam. Nossas janelas davam para lá. Papai dizia que era provisório pois o apartamento era pequeno. Mas o provisório durou muito.

Marilu, quando mudamos, era criança. Brincava na área com Carmem Anne, uma americanazinha que morava no sexto andar. Usava *seddles,* com meias soquetes, saias xadrezes. Quando saímos de lá, estava moça.

Para os parentes, não havia nada melhor do que se hospedarem ali. Como papai dizia, havia *o ponto.* Todos convergiam para a nossa casa, pois é sabido que mineiro não fica em hotel. Não sei como cabia todo mundo.

A família tinha vindo de reveses. Isso nos uniu e como a casa era pequena, a aproximação era maior. Íamos ao cinema juntos e quando faltava empregada jantávamos fora, num lugar onde havia um pianinho. Hoje, todo mundo trancado em si mesmo, falando pouco.

Papai entrou de sócio para um clube, para jogarmos tênis. Minhas irmãs eram ótimas tenistas. Eu não. Sempre gostei mais de ficar deitada. Puro atavismo.

Roberto apareceu em casa levado por Romeu, que nós conhecíamos de pequeno, em Guará. Eram aviadores e tinham vindo dos Estados Unidos. Incorporaram-se à família. Eu me preparava para o vestibular. Roberto me dava aulas de inglês.

Sobre Roberto, não consigo falar. Tenho chorado mais por ele que por outra coisa qualquer no mundo. Choro agora. Quando choro, o sinto renascer violentamente dentro de mim, por isso talvez chore tanto. Forma precária de vida, mas vida.

Edifício Miraí, tão diferente de nossas casas anteriores, fazenda. Tão sem chão. Mas por isso mesmo, cada palmo, cada centímetro, impregnado de nós. Até no sono, juntos, minhas irmãs respirando a meu lado.

Minha cama, meu mundo, lágrimas no travesseiro, insônias, leituras pela madrugada. Perplexidade e medo. Morte, quando morreu Roberto.

THE OLD BRIDGE AT FLORENCE

Meu pai traduziu o poema para mim. O livro era lindo, de couro, edição rara.

Quando vi a ponte, compreendi subitamente algo, num desses raros instantes em que parece rasgar-se um véu, desvendar-se um mistério.

Vi o rosto de meu pai moço, seus óculos sem aro, cabelos pretos, olhos pequenos. Vi a casa, as irmãs, Maria dos Anjos. Meu quarto, o livro na cabeceira.

O verão e o poente envolviam a velha ponte. *I glory in myself*, dizia o poeta. E era a voz de meu pai.

Que pensaria Elza se eu falasse que a Ponte Vecchio, como a Place de Furstemberg, se parecia com Juiz de Fora? Eram palavras insensatas. Mas constituíam a única verdade, neste mundo de miragens, abstrações, quimeras. Por uns instantes triunfei sobre a morte, calquei-a a meus pés.

A ponte existia. Por ela passavam todos, tio Mário, vovó, vovô, tia Buducha, tio Pedro. Para onde iriam? Não importa, passavam, atravessavam o rio. E era na longínqua Itália, onde desfilaram tantas legiões já mortas.

Foi como se estivesse vendo o arco-íris, o sinal da aliança. Num momento de lucidez, Jeová o havia colocado no alto dos céus.

Escrevi a Laura:

Hoje, na Ponte Vecchio, andei fazendo umas incursões pela eternidade. Sabe, me senti, até, um pouco nos anos 40, quando passeávamos de carro lá por aqueles lados de Matias Barbosa, e eu te dizia que uma estranha sensação de irrealidade me envolvia. As montanhas de Minas, sempre me diziam coisas, sei lá, acho que o ferro delas despertava em mim camadas inconscientes. Dizia a você que me sentia participando de um outro mundo. Veja, fui sentir

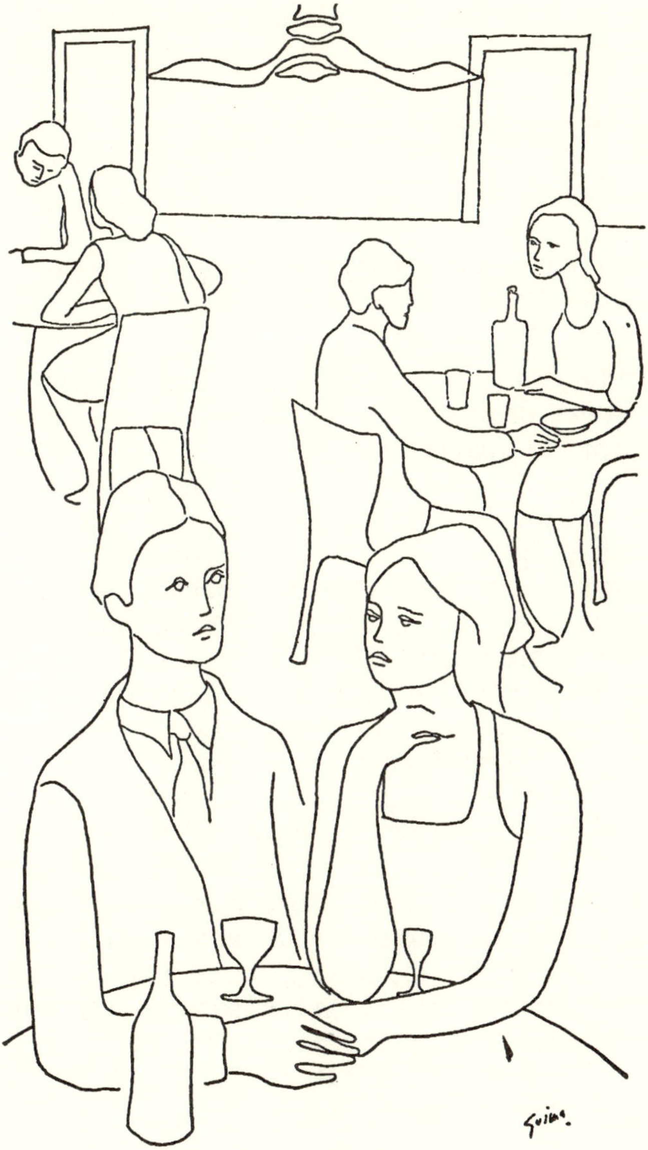

isso hoje, aqui em Florença. É um outro mundo, afinal, ou o mesmo?

Mas a ponte existia. Naquele momento, tinha certeza.

YOUR HIT PARADE

Your hit parade!... Segundo Natal no Rio. Saíamos para as compras de capa, com um chapeuzinho igual, última invenção do cinema americano.
O cinema era para chorar. *Rosa da Esperança.* Greer Garson. Walter Pidgeon. Sempre sobre a guerra. Tereza Wright — *The Best Days of Lives.* Ingrid Bergman. *Casablanca,* De vez em quando um musical para aliviar — *Anchors Aweight. Your Hit Parade,* Bing Crosby, Frank Sinatra, *I'll be Seeing You. Someday I'll Meet you Again.* Vinte anos depois, indo para um jantar, a rigor, o rádio do carro tocou *I'll be Seeing You.* As lágrimas destruíram a maquiagem.
Roberto, que dizer?
Nós ouvíamos juntos o programa, nas manhãs de domingo. Acho que todo o mundo ouvia, a intenção era essa — estávamos em guerra, mas se podia cantar. A guerra encurtava as distâncias, comunicava as pessoas. O mundo parecia pequeno, todos americanos usando moda americana (*seddles* com soquetes), cantando música americana, aprendendo inglês americano. Ela nos vinha assim sentimental, diluída, limpa, doméstica, com cheiro de *apple pie.*

Roberto, que dizer?

Cinemas juntos, praia, algumas vezes tênis, conversas. Tudo dentro daquele mundo decente, arrumado, protegido apesar da guerra. A guerra? Eram os jornais, o rádio, o cinema. Marinheiros passeando na praia. Inglês falado por todos os lados. Aos domingos lia-se *O Suplemento Literário*, do *Correio da Manhã*. Chorava-se no cinema. A guerra era literatura.

Roberto, que dizer?

Que tudo isso morreu com você? Que muito mais morreu com você? Que morreu tudo? Ou você apenas plasmou a consciência da morte que eu trazia comigo, a consciência sempre presente de que eram tudo sonho, elucubrações, quimeras, e o que ficava era minha avó morta, no caixão, o frio no seu rosto gelando os meus lábios? Chegamos a existir, nós dois? Em que mundo, em que lugar, ficou a nossa imagem?

A chuva caindo em meio à partida de tênis. Estávamos vivos, não sentia? Eu te disse: Roberto, estou viva. Era verão. Respondeu: Isso não te lembra a fazenda, o passeio a cavalo? Eu lhe havia contado, ele me lembrava. Tinha sido uma corrida desabalada pelos campos, em meio à tempestade. Eu pensei então: estou vivendo, estou viva.

Ele tocou minha mão. Nós estávamos no bar, a toalha xadrez. Era verão. Eu senti que vivia.

Na praia, a água fria batendo no corpo. "Roberto, estamos vivos." Era tudo água e pôr-do-sol.

— Rachel, você conhece esse poema — *Partir c'est mourir un peu*?

Por que ele sabia isso? Por que eu sabia? Recitamos juntos. Foi a primeira vez que nos falamos.

— Rachel, vamos à festa em casa de meu tio?

Fomos todos, Laura também. Dançamos juntos — *Night and Day, Sentimental Journey.* Dançamos — estava quente, nossos corpos juntos, quentes.

Your Hit Parade — ele tirava as letras para mim do inglês. Tirou Paul Robenson, cantando *In my Solitude — In my solitude you haunt me with memories of days gone by.* Cantávamos todas, juntos em casa, na praia, dançando.

— Rachel, vou ter que passar o Natal em casa, volto para passarmos o *réveillon.*

Era de tarde, verão.

Era de manhã, verão. Que é a morte, Roberto, que é a morte? *Your hit parade.*

PRIMOS

Havia Tereza, Carmem e Ditinha. Tia Gertrudes ficara viúva inesperadamente de tio Sebastião, com as três meninas, mais Henrique, que era o caçula. Tinham nascido no Palácio Guanabara, naquele tempo a residência dos presidentes da República. Tio Sebastião dirigia a Casa Civil e morava no palácio. As meninas passaram parte da infância no colo de presidentes. Tia Gertrudes, bonita, fina, graciosa, famosa pela beleza de seus braços, era quase uma primeira-dama do Paço, presente a todos os acontecimentos palacianos.

Um dos assuntos que mais me fascinaram na infância foi ver mamãe contar as festas do rei Alberto, que, com a família real, se hospedara no palácio. O príncipe, mais tarde rei, não tomava as refeições na mesma mesa que o pai, mas em outra, da qual faziam parte mamãe e tia Gertrudes. Lembro-me bem da expressão de mamãe quando contava que a rainha ao sair para um *garden party* com um vestido de *gaze* cor de coral, pedira a tio Sebastião mandasse buscar, dos muros do Guanabara, uma florzinha que muito a encantava e com a qual queria fazer um buquê para colocar na cintura. Era uma maria-sem-vergonha (anos depois mamãe repetiria o gesto da rainha, pois, saindo para um baile a rigor em Juiz de Fora, pediu à empregada que fosse apanhar num dos terrenos baldios da rua uma flor que dava no mato, em forma de uma espiga aveludada, cor de vinho. Pôs um buquê na cintura e saiu, certamente com mais majestade do que a rainha).

Tia Gertrudes tinha ido morar com tio Pedro, levando Henrique, e as três meninas foram enviadas a Juiz de Fora, à casa de vovó, onde já viviam Gustavo e Luíza, também órfãos. Carmem sempre me contava a sua chegada, de noite, tendo encontrado todo mundo à mesa, a tomar café com leite misturado com farinha de biju. Vovó Siana recebeu cada uma com um beijo na testa. Luíza, que já era maior, percebendo o medo das três, chamou-as para um canto e disse:

— Não se assustem, não. Aqui acontece muita coisa engraçada.

Tereza, a mais velha, foi morar com tia Edith e tio Mário. Saindo de um palácio, não se dava por achada — recriava a realidade, vivia num mundo de fantasia. Tia Edith, apesar de boníssima, mandava despoticamente. Essa mania de mandar devia ser coisa meio atávica, herdada daquele visconde em que ninguém falava muito e que, segundo as crônicas, chicoteava os escravos. Mas Tereza não se deixava oprimir muito. Lembro-me de uma vez em que fez tio Mário rir muito, pois, depois de uma descompostura de tia Edith, pegou o espanador para limpar a casa cantando: "Quando você morrer, não ponho luto nem vela, só uma fita amarela..." A música estava na moda e tia Edith, que não tinha nenhum senso de humor e pavor da morte, ficou furiosa.

Outra estória engraçada de Tereza foi ter tirado, antes de Scarlet O'Hara, as cortinas da sala, para fazer um vestido de baile. Virgínia Eucharis, sua maior amiga, tinha encomendado um, do Rio, para ir a um baile no clube e Tereza só tinha o velho, já usado. Foi até a sala de visitas, olhou para as cortinas de *voile* suíço branco, estampadas de violetas, orgulho de tia Edith. Não teve dúvidas — arrancou-as, foi para a máquina e quando tia Edith viu, já estava pronta a roupa, toda de fichus e babadinhos. Parece que fez o maior sucesso.

Quando Tereza ficou noiva, tia Edith me mandava vigiar o par. Noivos não podiam ficar sozinhos, não ficava bem (ouvi tanto essa expressão, "não ficar bem", durante toda a minha vida, que quase me convenci de que nascer, absolutamente, não ficava bem).

Ela própria, porém, fazia uma porção de coisas que, segundo a família, "não ficavam bem". Viajava de um lado para o outro, sempre sozinha e, quando tio Mário morreu, passou a jogar a dinheiro com certas companhias que, segundo as tias, não estavam à altura...

Tereza casou e veio morar no Rio, onde já se encontravam Ditinha e, depois Carmem. Ditinha viera morar com tia Emilinha, ali na Praia de Botafogo. Era uma graça, a carnação rosada das mulheres de Renoir. Usava grandes chapéus desabados e quando já vivíamos no Rio, ensinou-me muito da arte de vestir. Emanava dela um sutil perfume de lavanda. Em sua presença me sentia horrível, porém uma vez, quando eu ainda morava em Juiz de Fora, apareceu por lá, hospedando-se em casa de tia Edith. Ao chegar para visitá-la, me olhou surpresa e disse:

— Rachel, como está bonita!... Começa a parecer com tia Bitinha (era mamãe). Vamos dar um jeito nesse cabelo...

E tratou logo de me arrumar, dando-me, inclusive, alguns vestidos de presente, pois a esse tempo já trabalhava e ganhava o seu próprio dinheiro. Poucos anos antes, tendo chegado a Juiz de Fora levando, na bagagem, uns vestidos sem manga, fora proibida pelas tias de usá-los, e tia Edith, aproveitando uma hora em que tinha saído, pregou mangas em todos, usando fazendas completamente diferentes.

Carmem, a mais moça das irmãs, era a de quem eu mais gostava. Tinha morado uns tempos conosco, quando era menina. Olhos enormes, nariz meio arrebitado, boca rasgada, mas o conjunto tinha tamanha força, que chegava à beleza. Não possuía a perfeição de traços de Ditinha, mas o seu rosto era daqueles que não se esquecem. Desses olhos onde a mágoa ficou para sempre capturada.

Os irmãos, Ditinha, Carmem e Henrique, quando puderam, resolveram tirar tia Gertrudes da casa de tio Pedro e foram morar juntos, depois de terem vivido tanto tempo em casas alheias. Fui visitá-los muitas vezes, no seu apartamento térreo da Praia de Botafogo. Nas paredes havia quadros de Eliseu Visconti. Na área de serviço, tia Gertrudes fez um verdadeiro jardim. Tudo arrumado, limpo, cuidado.

    Carmem ficou noiva de Francisco, lindo, bom, apaixonado por ela. Casaram-se e foram morar em Copacabana. Eu ia tomar banhos de mar lá, com minhas irmãs. De noite, de vez em quando, Carmem e Francisco me levavam ao cinema. Nessa época ainda não conhecia ninguém no Rio, afora a família. Continuava a me sentir feia e *gauche*. Ficava meio intimidada com a beleza de Francisco. Mas ele fazia Carmem tão feliz, eram tão felizes, que chegava a ser comovente.
    Ela teve a fibra de certas mulheres da família, quando ficou viúva, cedíssimo. A fibra de vovó Siana, acrescida de bondade, que parece, não era um dos traços mais marcantes de vovó (vovó substituiu a bondade pelo senso de dever).
    Henrique morreu. Tinha sido soldado na guerra e até hoje me lembro de sua volta junto com Paulinho (filho de tia Emilinha), com as tropas brasileiras. Assisti a chegada, do alto de um edifício da Avenida Rio Branco. Eu não conhecia o sentimento de patriotismo. Pela primeira vez fiquei sabendo o que era (experimentei a mesma vibração quando os aliados invadiram a Normandia). Dos edifícios, os papéis picados voavam, prateados pelo sol. Senti um nó inesperado na garganta, mas mesmo assim não derramei uma só lágrima. Penso que se eu estivesse presente naquele famoso dia em que Napoleão falou sobre os quarenta séculos das pirâmides, era capaz de achar que havia séculos demais, soldados demais, dragonas

demais e que um pouco de sobriedade não faria mal nenhum ("desfrute", teria dito vovó Siana olhando por cima dos ombros de Napoleão).

Henrique ficou seriamente afetado com a guerra. Sempre foi um ser extremamente sensível. Gostava muito dele, sofri a sua morte.

Moravam também no Rio, Glória e Gustavo. Quando ele se casou com ela levou-a a Juiz de Fora para a família conhecer. Ela cobiçou os consoles e as cadeiras de medalhão da casa das tias. Era uma mulher forte, talvez forte demais. Gustavo tinha sido criado meio solto em casa de vovó. Veio morar em casa de tia Emilinha, no Rio, começando a trabalhar cedo, para se sustentar. Quando apareceu em Juiz de Fora com Glória, todo mundo soube que iria triunfar na vida, pois aquela mulher não era de brincadeiras. Gustavo era filho de tia Henriqueta, a irmã mais velha de mamãe, que estava mexendo um tacho de goiabada quando conheceu o futuro marido.

Havia dois outros primos, filhos de tia Emilinha e tio Virgílio, Virgínia e Paulo. Virgínia, muito precoce, se casou logo. Paulo namorava uma moça tuberculosa, chamada Hilda. Morreu nos braços dele, como convinha.

Tio Pedro (que continuava usando a mentira e a gordura com a mesma elegância) e tia Marieta tinham uma filha única, pintora. Fazia quadros imensos, inspirados quase sempre nela própria, inspiração muito válida, pois era linda. Aluna de Oswaldo Teixeira, seguia-lhe o estilo e muito se admirava de eu gostar de Portinari. Ganhou um prêmio de viagem à Europa. Lally tinha a autoconfiança, a exuberância, a saúde, que sempre me faltaram.

Tia Marieta, gordíssima, por dentro era o oposto de tio Pedro. Prática, filha de português, administrando bem o seu dinheiro. Deixava tio Pedro com seu leque, seus calores, seus ares de nobreza, e trabalhava. Tinha sido pianista, chegara a dar alguns concertos, mas não se deixou ficar cultivando glórias passadas. Organizou e dirigiu uma academia de balé, atribuição que não combinava com o seu físico, mas lhe rendia bom dinheiro.

Em Lally mandava implacavelmente, escolhendo-lhe até os vestidos. Lally, porém, era tão saudável, que nenhuma ponta de neurose penetrou jamais na sua cabeça. Um ser visceralmente feliz.

Vi, em Juiz de Fora, num álbum de família, retratos de tia Marieta. Tinha sido linda, antes de engordar. O retrato de noiva, sobretudo, era deslumbrante, ela com um fio de pérolas sobre a testa. Filha única, aquela família enorme, tão variada, fascinou-a de vez. Todos a consideravam do mesmo sangue. Até gorda, coitada, ficou.

Por essa época, quando eu vim morar no Rio, usava longos cabelos, repartidos no meio, presos por uma fita de veludo. Devia ser uma romântica figura. Vi, outro dia, o meu retrato, numa carteirinha de um clube, onde jogava tênis. Aquele sorriso, Deus meu, quando o perdi?

GUIMA

Conheci Guimarães em Juiz de Fora, mas eu já morava no Rio. Ele fazia o suplemento literário do *Diário*

Mercantil, e, além disso, pintava. Ambos, os quadros e o suplemento, eram excelentes. Trabalhava com Sissa, no Banco de Crédito Real.

Mudou-se logo em seguida para o Rio. Tinha assinado um manifesto de bancários, reivindicando aumento. A diretoria do banco entrou em acordo com os funcionários. Recusando-se a participar do pacto, Guimarães não teve mais condições de trabalhar ali.

Por essa época já tinha uma filha. Fez, às pressas, um concurso para o Banco do Brasil e passou. Veio morar no Rio. Começou daí a nossa amizade.

Eu não conhecia nada do subúrbio. Guima, sendo designado para a agência de Madureira, foi morar lá. Para visitá-lo, entrei pela primeira vez num trem de subúrbio.

Mas, de um modo geral, Guima é que vinha se encontrar comigo na cidade. Assistíamos a concertos, visitávamos exposições. Andávamos pelas ruas da cidade, nas manhãs de domingo, depois da missa das dez, no Mosteiro de São Bento. Aprendi muito com ele! Possuía uma visão do mundo parecida com a minha, tínhamos as mesmas raízes, éramos dois mineiros no Rio. Serviu-me de apoio, nesses tempos difíceis.

Por essa época existia o Vermelhinho. Aparecíamos por lá, de tardinha.

Quanta angústia real, passamos um para o outro! A mesma problemática da morte, de Deus. Emprestou-me Unamuno: *O Sentimento Trágico do Mundo.*

Guima era bem casado, com Inah. Ela o apoiava em tudo. Um casamento maduro e, percebia-se, indissolúvel. Assim tem sido.

Às vezes, viajávamos juntos para Juiz de Fora. Ele tinha tido problemas na cidade. O grupo intelectual dominante, se é que se podia falar nisso, era católico. Um catolicismo de elite, à la Maritain. Um dos líderes, primo de Laura, morava numa casa belíssima. Havia banhos de piscina em dias alternados, para moças e rapazes. Lembrava os banhos de camisola do colégio interno. Conheci bem essa gente. Refugiavam-se na moral para justificarem o seu horror, a sua impossibilidade quase física de contatos com pessoas de outra classe. Sim, porque ali todos falavam baixo, tinham maneiras polidas, comportavam-se bem à mesa. Não conheciam a vulgaridade. A pobreza, sim, preocupavam-se com ela. Compraziam-se com a caridade. A moralidade era seu escudo, seu livro de etiqueta, tornava-os inatingíveis, justificava essa inatingibilidade.

Uma vez, estávamos, Guima e eu, no Museu de Arte Moderna. Encontramos um casal de Juiz de Fora. Ele era um dos diretores do Banco de Crédito Real, de onde Guima havia saído. Era amigo de minha família. No dia seguinte papai recebia um telefonema e me repetia que não ficava bem eu sair com um homem casado.

Apesar de tudo, Guimarães tinha amigos em Juiz de Fora. Havia Arcuri, ótimo arquiteto, que infelizmente não conseguiu salvar a cidade da modernosidade que a atingiu, transformando-a num dos lugares mais feios do mundo. Pobre cidade, não merecia. Em casa de Arcuri se ouvia música com uma devoção religiosa.

Guima foi o primeiro amigo que tive no Rio. Eu não conhecia ninguém aqui, exceto os parentes de mamãe, não tinha ninguém com quem falar. Uma época dura para os dois. Não era uma solidão escolhida, era uma solidão imposta. Nenhuma integração com o mundo — uma vida fora de nós, com a qual nada tínhamos a ver — e nós. Eu sentia falta do verde. Morava no centro de Copacabana. Sempre tinha vivido em contato com o céu (aquele céu baixo de Minas) — olhando para cima, lá estava ele. Tinha o hábito de abrir a janela e olhar para o céu. Cadê o céu? Guima, em Madureira, estava mais próximo da província.

Hoje, moramos próximos um do outro. Ele tem montanhas atrás do seu edifício. Eu tenho árvores, telhados, lagoa e, quando abro a janela, vejo o céu.

O que mudou agora não é o que está fora de nós, é o que está dentro. Não olho mais para o céu, as árvores e as montanhas com a mesma intensidade, como a esperar alguma resposta. Resposta não há.

Mas Guima ficou. Ele sim, é Minas. Minas, no seu melhor sentido, sua humanidade, sua inteligência, seu senso de humor. Não tem sido solidário apenas no câncer. Tem sido solidário sempre.

MARIA

Era muito quieta e sabia usar o silêncio. Os objetos tocados por ela faziam pouco barulho. Deslizava em casa, parecia estar sempre nos cantos ou imersa em penumbra.

Usava uniformes pretos. Faziam uma espécie de sobretom sobre a sua pele, um pouco mais clara. Alta, nunca a vi mudar de peso. Conservou a mesma magreza até o fim.

A idade era indefinida entre os trinta e os quarenta. Podia ser mais, porém nunca perguntei.

Tinha vindo de uma fazenda no interior de Minas, criada por estranhos. Parentes, havia distantes. Iluminava-se quando falava da infância, da adolescência, as festas da roça, as fogueiras, as noites de São João, os meses de Maria.

Cedo tivera que trabalhar na cidade. Muito raramente ia à sua terra, mas quando ia gostava de se preparar. Fazia vestidos, gastava dinheiro, ela, tão pouco vaidosa. Quero que me vejam elegante, dizia. E engomava cuidadosamente as blusas brancas.

Em casa, fazia quase tudo. Sua vida era participar de coisas que não eram suas. Nos aniversários, lá vinha ela com o bolo e as velas. No Natal, trazia o presunto. No ano-bom, torta de nozes. Risonha, aparecia na mesa, seu melhor uniforme, dispondo os pratos, silenciosa.

No aniversário dela, minha irmã Therezinha preparava o bolo e lhe mandava soprar as velas na mesa. Vinha envergonhada, mas satisfeita. Era o único momento que lhe pertencia. Mesmo assim, quem comia o bolo éramos nós — ela recebia o seu pedaço.

Com o tempo foi ficando cada vez mais silenciosa e deslizava mais lentamente pela casa.

Mamãe reclamava:

— Maria está ficando mole. Cada dia demora mais para fazer as coisas. Quebra tudo.

Uma vez ou outra, pedia comprimidos. Sentia dor de cabeça.

Mamãe se impacientava:

— Acho que não sente dor nenhuma. É falta de vontade de trabalhar.

Um dia pediu férias. Começou a cuidar da roupa e a engomar as blusas. Dei-lhe uma, branca. Um sorriso lhe iluminou o rosto cansado.

— Essa vai ser para fazer visitas.

Não revia a cidade havia muito tempo. Ia ver a madrinha, que a criara, os primos.

Nas vésperas de partir, foi meu aniversário. Caprichou no jantar, fez docinhos, trouxe o bolo. Eu lhe notei a palidez.

— Maria, vá dormir, a gente amanhã dá um jeito.

Não, queria deixar tudo pronto.

Não partiu. Chamamos uma ambulância para levá-la ao hospital. Tinha um tumor no cérebro. Ninguém sabia, muito menos ela. Tumor era luxo.

Morreu em três dias. No caixão, via-a de blusa branca, engomada. Viveu, desde que nasceu, numa casa que não era sua. Cresceu, trabalhou em casas alheias. Poucos objetos (seus?), espalhados num quarto que não lhe pertencia. Nos aniversários, o bolo com a farinha alheia. Na morte, a blusa que era minha.

A CASA

Era imensa, no Cosme Velho. Nela moravam Dona Inah e Seu João.

Tinham vindo de Juiz de Fora e os conheci menina. Ela, nordestina, passou umas férias ali e namorou Seu João, bem mais velho, já considerado solteirão.

Mamãe dizia que o namoro tinha assombrado a cidade, pois ninguém poderia imaginar que Seu João fosse arranjar uma noiva tão grande, tão exuberante e, ainda por cima, falando com sotaque nordestino.

Seu João morava num sobrado grande, cheio de irmãs e irmãos, muitos deles solteirões e vários, surdos e mudos. Quase não saía de casa e nunca se ouvira falar de alguma namorada sua.

Casando-se, surpreendentemente, vieram morar no Rio. Dona Inah, um dia, telefonara à mamãe, pedindo-lhe que fosse visitá-la. Mamãe foi, e ao voltar, contou que Dona Inah lhe fizera confidências. Seu João tinha dela um ciúme doentio. Não podia sair de casa, nem ver ninguém. Nem mesmo na janela chegava. Depois de muita insistência, ele concordou que mamãe fosse recebida. Desde esse dia esta costumava ir visitar Dona Inah e, às vezes, nos levava.

A casa ficava atrás de um jardim e se entrava por um grande portão, fechado sempre por cadeado. O calor era insuportável, pois Seu João tinha pavor a correntes de ar. Não admitia o menor ventozinho e calafetava todas as janelas.

Enquanto estávamos lá, ele surgia de repente e ficava na sala, até sairmos. Parecia estar todo o tempo vigiando Dona Inah.

Ela ficou anos sem sair. As suas roupas, ele mesmo comprava. Uma costureira, agregada à casa, fazia consertos.

Com o tempo, ele também não saía. Tinham um enorme carro com *chauffeur,* sempre fechado na garagem. Até as compras eram feitas por telefone.

Dona Inah não fazia nada em casa e acabou se desinteressando dela. As pratarias ficavam sujas, havia teias de aranha pelos cantos. E ela definhava, sumia, chegou a pesar quarenta e cinco quilos, parecia até que diminuía de tamanho. Mamãe, um dia, ousou falar a Seu João da necessidade de procurar um médico. Ele a olhou de alto a baixo e disse que Dona Inah ia passando muito bem. Aliás, já começava a demonstrar seu ciúme por mamãe e até por nós, a quem tratava delicadamente, mas com certa frieza.

Mamãe comentava:

— Os ciúmes de João estão matando Inah. Ela não tem vida por muito tempo!

E deixou de ir visitá-los, para não provocar mais ciúmes.

Certo dia o telefone tocou. Era Inah, com voz transtornada. Seu João havia morrido de repente.

Ela ficou na casa, sozinha, mas com o tempo, quando íamos lá, começamos a perceber as pratas brilhando, o jardim florido e Dona Inah engordando. Engordava e ficava corada, cada dia mais. Voltou a ter o tamanho de antes.

Tirou toda a calafetação das janelas. O ar entrava à vontade. Dona Inah renascia.

Um dia disse à mamãe:

— Olhe, Maria Luíza, eu vou voltar para o Norte. Os parentes de João deram de aparecer aqui em casa. E mineiro, para mim, chega. Me desculpe, mas essa raça é louca!

Foi e nunca mais voltou.

FRANKLIN

Aquela falta de ter com quem falar me exasperava. Franklin escrevia uma coluna em *O Cruzeiro,* chamada "7 dias". Um dia lhe mandei uma carta e perguntei se aquilo podia ser considerado um conto. Ele respondeu que sim e que era um conto belíssimo.

Passei a lhe escrever. Ele transcrevia trechos na coluna. Chamava-me "Lady Sparkenbroke". Ninguém sabia de nada. Eu, meio assustada, mas protegida pelo anonimato. Ah, esse horror de aparecer, essa vergonha de chamar a atenção, esse viver para dentro, herdados de meu pai e estruturados em Minas Gerais. Que combinação, papai e Minas.

Estabeleceu-se um verdadeiro romance platônico, impregnado de literatura. Achava engraçado, mas deixava correr. Mandei um conto para a revista, chamado "As Estrelas". Franklin publicou na página do meio, com uma ilustração linda, de Santa Rosa. O pseudônimo era Marta Gomes Jardim. Morri de susto. Mais tarde, outro seria publicado, "Conversa com Pedro", dessa vez com ilustração de Enrico Bianco.

Um dia, marcamos um encontro. Lembro-me do que eu dizia na carta: "Tenho cara de Rachel." Ele me reconheceu logo. Por essa época, já era bastante conhecido e tinha vinte e sete anos. Eu, dezoito. Assustou-me falando de casamento. Estava ainda muito próxima de Minas, de Juiz de Fora e tudo o que não fosse aquilo, me parecia estrangeiro. No fundo, achava a coisa muito literária, muito artificial. A literatura me atraía, mas não me considerava uma escritora. Jamais aceitei tal idéia, que Guimarães procurava sempre meter na minha cabeça. Eu era uma moça mineira, como Laura, como Sissa, não uma escritora. Carregava comigo uma dose maior de angústia, era tudo.

Não foi fácil terminar o namoro. Peguei um ônibus, fui parar em Minas. Minas ainda havia.

Parei de escrever quase que completamente, creio que como reação a aquilo tudo.

Nas vésperas de casar, rasguei todas as coisas que tinha escrito, inclusive os dois contos, com ilustrações tão belas.

Anos mais tarde, já era funcionária pública, quando veio me procurar uma moça loura, pedindo que lhe resolvesse um problema de serviço. Era a mulher de Franklin.

Fiz mal em tê-lo revisto, há poucos anos. Devia ter guardado de nós aquela imagem — eu, de longos cabelos, ele, de terno branco e cachimbo, passeando na lagoa. Gostaria, sim, de reler as crônicas de *O Cruzeiro,* tão anos 40!

MIRAÍ

Aquele carnaval, resolvemos passar em Miraí. Sissa, cujo pai tinha sido prefeito da cidade durante quinze anos, nos convidou. Fui me encontrar com Laura em Juiz de Fora para seguirmos juntas. Tinha havido uma enchente e toda a região estava inundada. A viagem foi uma aventura. O ônibus, caindo aos pedaços, não dava conta. Num certo momento, tivemos que pegar um trem. Chegamos mortas, mas triunfantes.

Luís ia se encontrar comigo lá. Laura dizia que era a maldade suprema, pois ele tinha uma úlcera, segundo Laura, causada por mim (de mim conseguiu se livrar. Da úlcera, nunca mais). Fazer aquela viagem exigia muita saúde. Ele estudava Engenharia e era o oposto do intelectual. Fui logo lhe dando *O Lobo da Estepe* para ler. Levou o maior susto. Mas Miraí foi um marco no nosso namoro. Ali passei a gostar de Luís. Quando o vi chegar, depois de quarenta e oito horas de viagem, acabado, esquálido, senti um aperto no coração. Acho que foi nesse momento que comecei a amá-lo. Foi recebido com foguetes, para comemorar a façanha.

Seu Alfredo apareceu na estação, de terno branco, barba e chapéu de panamá. "Bem-vindos sejam a Miraí." Era tio de Sissa, o dono da cidade. O perfeito aristocrata rural, figura hoje desaparecida. O perfeito aristocrata rural mineiro, vale dizer. Era um lorde.

Fomos conhecer toda a família. Casavam-se, é claro, com primos. Mas ao contrário da família de Laura, era uma gente alegre, sem religiosidade excessiva e sem ascetismo. Suas casas não tinham aquela sobriedade exagerada, aquela quase pobreza, das casas da família de Laura. A casa de Seu Alfredo, um chalé branco, de janelas verdes, tinha móveis lindos e louças deslumbrantes. Alguns dos móveis brasileiros mais bonitos que vi na vida, foi ali em Miraí, nas casas dos parentes de Sissa. Seu Alfredo, que morava com a família no Rio, mas passava parte do tempo em Miraí, conhecia o pai de Luís e o recebeu muito bem.

Miraí era um feudo daquela família e sobretudo de Seu Alfredo, a quem todos respeitavam e temiam. Amavam? Não sei. Ele era rígido, parecia quase um retrato. Quando o recordo, agora, o vejo como uma fotografia, não como uma figura viva. Tão poucos gestos, tão pouca mobilidade possuía. Mas que bela figura! Tinha se casado duas vezes, tendo muitos filhos. Conheci todos ali, naqueles dias. Nunca vi uma pessoa ter um domínio tão absoluto de um lugar. Banco, lojas de comércio, cinemas, ruas, casas, fazendas, tudo lhe pertencia. Ao ver, entretanto, a pracinha da cidade, suas flores da roça, sua grama rala, seus bancos de pedra, pensei: a praça não lhe pertence.

Nós não parávamos. Visitávamos as fazendas nas vizinhanças, almoçávamos e lanchávamos em casa de todo mundo. A comida era maravilhosa e os lanches traziam de volta as broas de milho, os sequilhos, os biscoitos de polvilho, os pães de queijo. A goiabada era clara, fina quase transparente. A mãe de Sissa servia geléia de jabuticaba, no café da manhã com queijo feito na cidade.

Foi ali que descobri Luís e que de certa forma o transfigurei. Estava cansada do meu próprio intelectualismo e do dos outros. Olhava os primos de Sissa em volta — todos se namoravam, havia um constante aquecimento entre eles. Eu precisava disso. Chegava de angústia. Entreguei-me. Foi uma sensação de felicidade inteiramente nova. Fiquei tão feliz, que quis ir namorar Luís no banco da praça. No fundo, sempre tinha sentido inveja dos casais que faziam isso.

O carnaval no clube pertencia à família. Mas era

divertidíssimo. Existirá ainda aquela espécie de alegria? Alegres de tudo, sem nem saber por quê. Pouco depois, um compositor, falando de Miraí escreveria sobre a cidade — "Eu era feliz e não sabia". Nós também não, e por isso éramos.

De dia, sob o sol quente, desfilavam uns solitários blocos de sujo e uns minguados bumbas-meu-boi, que iam até a casa das autoridades (vale dizer, da família de Sissa), fazer a sua exibição. Coitados, tão pobres e tão desengraçados! Comoventes, no seu esforço para agradar.

Eu pensava, um tanto vagamente: como será o reverso de Miraí? Era confortável se sentir ali abrigada, uma só família, donos de tudo. Nunca me senti tão segura na vida, eu tão carente de segurança. Mas, e os que não eram donos?

Aquele demônio, sempre me segredando coisas ao ouvido. Aquela maldita lucidez. Aquele despreparo para a felicidade...

Os dias em Miraí tiveram duas conseqüências sérias: no que dizia respeito a mim, eu tinha passado a amar Luís, o que modificou bastante a minha vida. No que dizia respeito a Laura, Eduardo, filho mais velho de Seu Alfredo, apaixonara-se por ela, e Laura não deixara de se interessar. Eduardo era magro e alto como o pai, fisionomia sensível, inteligente, olhos meio angustiados. O que terá sido feito dele? Terá tomado o lugar do pai e passado a ser "o dono"? Laura e Eduardo namoraram por algum tempo. Saíamos os dois casais juntos. Eu não via muitas possibilidades para Eduardo, mas eles tinham muito em comum. Até fisicamente, aquela magreza enxuta. Creio que ambos sofreram com o rompimento.

Mas Deus, ou seja lá o que for, protegia Laura, ou melhor, ela se protegia a si mesma. Teve uma luta dura, nos caminhos de Joaquim, já casada, os filhos nascendo. Estava decidida a não perder. Transformou Joaquim, ou melhor, o encontrou. De enxada na mão, desbastava. Joaquim, finalmente encontrado, ouro puro.

JOAQUIM

Tinha o tom de pele moreno, dos Fagundes. Mineiro típico tem esse tom de pele, meio hindu. De quem descenderá afinal essa raça?
  Um ritmo lento de falar e sobretudo uma terrível ironia por trás das palavras. Ironia que podia ir até a causticidade, quando queria.
  O misticismo da família não o impregnara. Era prático, possuía talento para ganhar dinheiro. Não com voracidade, mas com um certo tipo de esperteza tranqüila, bem típica também do mineiro. Sabia esperar.
  Não agredia ninguém com dinheiro. Laura ficava furiosa porque, às vezes, tirava do bolso papel, lápis e fazia contas. Mas só quando estavam juntos sozinhos. Em público, nunca o vi falar em dinheiro.
  Tinha, também, um certo tipo muito especial de romantismo; que contrabalançava o senso prático, a aplicação em ficar rico. Era louco por boleros.
  Educado no misticismo mais desvairado, no pu-

ritanismo mais exacerbado, desenvolvera o puritanismo, não o misticismo. Estranhamente, tinha uma natural tendência ao ceticismo e parece que nunca se preocupou muito com o fogo do inferno. Puritano, sim, era. Esse devia ser o seu inferno particular. Puritano, mas gostava do pecado, para seu próprio uso. Mulher, é claro, havia duas — a que parecia honesta e a que *não parecia*.

Profundamente inteligente, ótimo narrador. Suas estórias, principalmente dos primos, das gentes da família, eram engraçadíssimas.

Brigava muito, sobretudo com parentes. Acho que não tinha muita paciência com as limitações alheias e aquela sua implacabilidade irônica lhe devia granjear inimigos. Nunca o vi brigando, mas sabia que aquela sua tranqüilidade era aparente. Dava para sentir a contenção.

Laura, que sempre foi uma mulher forte, de vez em quando aparecia consumida.

Nunca o vi fazer nenhuma cena de ciúme em público. Apenas uma vez, noivo, tendo passado de carro numa livraria e visto Laura comigo lá dentro, entrou e disse que ela estava parecendo mulher sem dono. Isso, ele não admitia. No fundo, achava mesmo que lugar de mulher era em casa.

Eu sabia que ciúme era o seu forte. Ele não demonstrava, mas se percebia.

Voz macia, maneiras calmas. Por dentro, paixão, quase fanatismo no seus pontos de vista. Em se tratando do seu próprio comportamento, certo desprezo pela opinião alheia. Isso devia incomodar. Maneira de viver provinciana, sem ser, por dentro, um provinciano. Aquela liberdade intrínseca no ser, não era provinciana. Liberdade, entretanto, para seu próprio uso. Julgava, criticava, sobretudo as mulheres, aquelas que *não pareciam.*

Lia, sabia o que era bom, mas não se dedicava muito a isso. Não tinha tempo, precisava ganhar dinheiro. Ganhou.

Tinha aquele horror de mineiro a etiquetas, maneirismos, enfatuamento. Se algum dia recebesse, por qualquer motivo, uma condecoração, explodiria em risos.

Luxo, também não entendia. Podia ser rico, mas não parecer. (O oposto de *ser* direita *e parecer.*) Guardava a sobriedade, o ascetismo de suas origens de São João del Rei ("onde todo mundo é muito polido e o heroísmo se banha em ironia...").

Uma vez, Laura, já casada, comprou no Rio um vestido para um casamento. Entregaram depois da cerimônia. Ele, calado, pegou o vestido, levou na loja. A dona, muito auto-suficiente, com ar de pouco caso, disse que não o aceitava de volta, pois já estava pago, em cheque, e não devolviam dinheiro.

— A senhora desculpe o mau jeito, madame, mas o banco é meu.

E, muito delicado, deixou o pacote em cima do balcão.

Quando Laura vinha ao Rio, às vezes Joaquim aparecia. A cidade, para ele, era uma espécie de Sodoma. Fazia um esforço, coitado, para admitir a sua presença aqui.

Lembro-me, até hoje, do dia em que foi assistir, conosco, Jean-Louis Barrault. Fazia um ar de circunstância. E disse, na saída, não ter entendido uma palavra.

Joaquim. O retrato poderia terminar aí se não fosse Laura. Mas havia Laura. E havia outro Joaquim.

BENTO

Bento morava em Resende. Eu tinha vivido ali quando criança, pois papai possuía uma fazenda em Campo Belo. Na cidade, tínhamos uma casa grande, quase uma chácara, com pitangueiras, jabuticabeiras, pés de abio. Uma das recordações mais marcantes de minha infância foi o nosso regresso à casa depois de uma viagem a Juiz de Fora. Ladrões haviam-se acampado ali e roubado tudo, até a roupa de cama.

O delegado era casado com uma prima de vovó, Augusta. Diziam que ele não gostava de trabalhar e que gastava todo o dinheiro dela. A nossa ficava em frente à de Dona Augusta e mamãe comentava:

— O marido de Augusta nem para delegado serve. Os ladrões se acamparam aqui nas barbas dele...

E parece que não servia mesmo, pois logo depois deixou de trabalhar definitivamente e assim viveu até morrer. Quando morreu, Dona Augusta não tinha mais dinheiro e foi uma luta criar aquela filharada toda.

Bento era namorado de Vera, a filha mais velha de Dona Augusta. A família se opunha ao namoro, pois era um tipo boêmio, meio grosso, brigão, que parecia não levar as coisas muito a sério.

Mamãe, não sei por que, protegia o namoro.

Este, durou anos. Quando morávamos em Juiz de Fora, Vera ia passar tempos conosco. Daqui a pouco, Bento aparecia e sob a guarda de mamãe, namoravam.

Um dia se casaram. Foi em Aparecida do Norte e lá estávamos todos. O buquê era de lírios, lembro-me bem.

De repente, vimos que Bento estava ficando rico. Ficava cada dia mais. Vinha freqüentemente ao Rio (nós já vivíamos aqui) sozinho, a negócios, e aparecia em nossa casa. Arrastava todo mundo para jantar fora, para boates, sempre de uma generosidade sem limites. Como era bom, Bento!... Debaixo dos seus ternos brancos, meio malfeitos, mas sempre cuidados, de suas maneiras sem refinamento, o tato, a delicadeza de não querer ostentar demais o seu dinheiro para nós. Teria preferido (creio) distribuí-lo conosco, agora mais pobres do que ele. Foi o *nouveau riche* menos *noveau riche* que conheci.

Comprou um sítio em Resende, que era o seu orgulho. Tudo o que podia, adquiria para a casa: grelhas, abajures, vitrines, aparelhos elétricos. Era uma *féerie*.

Eu, às vezes passava temporadas lá. Minhas irmãs gêmeas, entretanto, não saíam do sítio. Bento as adotara, praticamente. A cidade era gostosa, sobretudo os arredores, Itatiaia, Agulhas Negras, com sua paisagem tão européia e hoteizinhos no alto da serra. Luís ia me visitar. Fazíamos longos passeios a cavalo. Às vezes, descíamos dos cavalos e conversávamos, com os animais amarrados em uma árvore qualquer. Em geral, eu ia para lá depois de uma briga com Luís e ele aparecia sem avisar, para fazer as pazes. Vera lhe preparava cuidadosamente a dieta da úlcera. Acho que foi a primeira vez que se falou, ali, a palavra úlcera.

Falou-se muito, depois. Bento teve uma, e rebelde, não fazia dieta. Comia e bebia gulosamente. Dessas pessoas que não pensam nunca em morrer e de quem a gente imagina que a morte passa longe.

Como a úlcera estivesse incomodando demais, resolveu operar. Veio para o Rio. Voltou morto.

Eu olhava para ele no caixão e só conseguia pensar "Las cosas lo están mirando y el no puede mirarlas". Era um pensamento obsessivo.

O comércio fechou suas portas. Todo o povo foi para rua. Ele não podia ver. Foi em Resende. Na *sua* Resende.

DAREL

Chamava-se Darel porque os pais estavam acompanhando um filme em série, em que o mocinho se chamava Darel. Só que pronunciavam, é claro, Darél, e não Deirel. Também Deirel não teria lhe assentado, com aquele sotaque nordestino.

Naquela época eu andava meio solta aqui no Rio. Minhas raízes ainda estavam muito em Minas. Por aqui, vagava como alma penada, mais do que existia. (Aliás, vagar sempre foi a minha tendência. E o existir era tão dentro, que ficava imperceptível.) Conheci Cláudio Correia e Castro, menino, em Juiz de Fora. Murgel pelo lado da mãe, primo de Kalma. Por esse tempo ele pintava, ou melhor, gravava. Suas gravuras tinham um pouco da atmosfera de Van Gogh. Lembro-me nitidamente de um par de botinas. Tão solitárias!

Num domingo, fui ao seu atelier. Ele me apresentou a Darel e também a um rapaz magro, com cara de anjo perdido, chamado Marcelo Grassman. Fisicamente, era o oposto de Darel. Este, não devia ser muito bem alimentado, mas parecia. O outro, dava para ilustrar um quadro sobre a fome.

Cláudio emprestava o seu estúdio para os dois trabalharem, pois ambos, vindos de fora, estavam na fase da sobrevivência.

Darel, quando apareci, desenhava no chão. Eu olhei as gravuras, e disse: *"Humilhados e Ofendidos,* não é?" Ele levantou os olhos: "Você reconhece?" Claro que reconhecia. Elas estão hoje na minha parede: "De Darel para Rachel."

Eu tinha paixão por Goeldi. Darel sofria fortemente a sua influência. Mas ao contrário de Goeldi, fisicamente não se parecia com o que desenhava (há pintores e escritores que são idênticos, na própria aparência, ao que fazem. Nada mais parecido com Murilo Rubião do que os seus próprios personagens). Era atarracado, vital, corado, muito mais Sancho Pança do que Dom Quixote. Percebia-se logo a firme determinação de vencer, a que preço fosse. Venceu com o talento, mas nunca teria perdido, mesmo sem talento.

Acho que Darel jamais me entendeu muito bem. Não há muita coisa em comum, creio, entre mineiros e nortistas. Mas ficamos amigos. Espantoso como é que naquele tempo, quando passava fome, jamais teve pinta de pobre. Marcelo Grassman parecia miserável. Darel usava sempre uma jaqueta tipo cardigan, meio gasta, que tinha sido de Cláudio, com calças de flanela cinza, também herdadas. Entraria, tranqüilamente, no Country. Suas origens, entretanto, eram as mais modestas. Tinha vocação para rico e "bem". "Bem" já era. ("Bem", expressão que aprendi na Faculdade Católica da Rua São Clemente. Ali todos eram. Para muitos, era a mais importante condição existencial.)

    Ele me dizia coisas engraçadas: "Quando criança, chamavam as minhas figuras de *kalungas*. Ainda hei de ganhar dinheiro com meus kalungas." (Anos mais tarde me falou: "Viu, ganhei dinheiro com os kalungas...") Ou "Não, não gosto dessa espécie de religião sofisticada, tipo Mosteiro de São Bento. Religião, gosto mesmo, bem simplesinha, filhas de Maria, procissões 'No céu triunfarei', etc."... E falando de um padre conhecido: "Ele é desses tipos de padre que têm sempre, a respeito de Deus, uma frasezinha de algibeira."

    Anos depois, quando estava para me desquitar, fui falar com um padre. Disse-lhe que não acreditava em Deus. Ele respondeu:

— Mas Deus acredita na senhora... (como é que ele sabia?) — Lembrei-me das frasezinhas de algibeira de Darel e comecei a rir.

    Quando Darel tirou primeiro lugar na bienal de São Paulo, quando lhe deram uma sala inteira para expor, fiquei orgulhosa de ter reconhecido nos seus "Kalungas" as figuras de Aliocha, Nelly e Natacha. Era fácil. Naquela época, quando eu lia Dostoiewski, sentia febre. Senti muita febre, nos anos 40.

A PONTE DE WATERLOO — BRIEF ENCOUNTER

A Ponte de Waterloo, vi em Guará. Ir ao cinema de noite era um acontecimento festivo. Vovô mandava o carro nos levar. Ao colégio, a princípio, íamos de carro. Mas eu gostava de andar a pé margeando o Paraíba e às vezes mandava a pasta pelo Seu Nogueira, caminhando a pé. Desta forma, acabamos mesmo dispensando o carro, fazendo o que para mim constituía uma verdadeira viagem.

Para o cinema, entretanto, era gostoso ir de automóvel. Dava um certo aparato ao acontecimento. Jantávamos vestidas, descíamos as escadarias, dávamos adeus à família, que conversava na varanda, e partíamos. Quando voltava, ia deglutindo o filme em silêncio, olhando o rio.

A Ponte de Waterloo foi assim. Atravessei a ponte grande — era a ponte de Londres. O Paraíba era o Tâmisa. Eu era Vivien Leigh. Podia ouvir a *Valsa da Despedida.* Como saboreava aquela tristeza toda!

O filme tinha o clima de guerra dos anos 40. Robert Taylor de uniforme era uma glória. O baile na mansão, o diálogo com o velho lorde inglês, essa Inglaterra tipicamente explorada pelo cinema, para mim, na época, foi dilacerante. O rosto de Vivien Leigh, depois marcado pelo sofrimento, aquele sorriso pequeno, tão peculiar, fechando os olhos, vejo-o na minha frente. Via-o gravado no vidro do carro, nessa viagem do cinema para casa.

Brief Encounter, assisti-o já no Rio, no cinema Roxy. Achei graça da coincidência, pois uma vez tinha escrito uma estória semelhante. O filme é sobre uma mulher de meia-idade que sai para fazer compras, do subúrbio para Londres. Pega o trem. Encontra um homem e se estabelece um diálogo. De repente, olha para fora e *vê* a paisagem. A mulher cuja rotina, o dia-a-dia, o amor pelo marido e pela casa, impediam de *ver.* Sente subitamente que é capaz de amar de novo. O homem ao seu lado lhe despertara esse sentimento e ela percebe que fora de sua casa, de sua relação com o marido, o mundo existe.

Era uma difícil opção. Caminha meio deslumbrada pelas ruas de Londres (maravilhosa Célia Johnson!). A última cena do filme é a sua volta para casa. Abre a porta e vê a sala, as cortinas, os objetos, o fogo da lareira, o marido sentado. A opção fora feita.

Anos depois, vendo *O Circo,* de Bergman, me lembrei dessa cena final, no momento em que o marido, dono do circo, vai visitar a mulher na sua cidade natal. A mulher o recebe na sala de visitas — as janelas fechadas, as toalhas de crochê em cima dos móveis, tudo parado, imutável. Também ela, tinha preferido não partir. Tinha ficado, como a guardiã daquele mundo.

Eu passei toda a vida torturada pela constante transmutação das coisas, com o sentimento do precário atravessado na garganta.

Quando criança, tinha uma irresistível atração pela sala de visitas de minha avó. Absolutamente fechada, os móveis protegidos por capas, os quadros, os objetos intocados. Era um desafio ao tempo. Gostava tanto da sala, que, tendo me refugiado ali durante horas, adormeci, e mamãe chamou a polícia para me procurar.

Sempre desejei um lugar assim. E ao sair do cinema Roxy naquela tarde chuvosa e opaca como compreendia aquela mulher e a sua opção pelo imutável!

Guará, por esse tempo, já ia longe.

KALMA

Era prima de Laura pelo lado Gonçalves. Pelo lado de Seu Bernardo não podia ser mesmo, toda exuberância. Sempre tinha morado no Rio, mas suas raízes eram mineiras. Seu pai, político muito conhecido, era de Guarani. Sua mãe, de Cataguases. As Murgel de Juiz de Fora fizeram história. Não sei se eram mineiras mesmo ou se a família tinha ido morar lá. Não conheci as tias de Kalma mocinhas, mas mamãe conheceu. Havia um caso de Vera, mandando Dona Anna Salles à merda, em alto e bom tom. Mamãe dizia que os seus namorados tinham perturbado a cidade, "tão avançados eram". As tias, quando conheci, eram casadas, jogavam tênis adoidado, de *short* curtíssimo, dirigiam carro. Mas mamãe, tão severa, falava sempre que eram muito fiéis aos maridos e muito boas donas-de-casa. A mim, aquela raça sempre pareceu uma família de norte-americanos que se tivesse mudado para Minas. Tão esportivos, saudáveis, civilizados, tão pouco mineiros. Até louros eram. Mas Kalma bem que tinha suas mineirices. Essas armadilhas, entretanto, talvez viessem mais da família do pai, porque este sim, era mineiro (e como)!

 O pai de Kalma, Odilon Braga, havia sido ministro, o único que abandonou o cargo quando houve o golpe de Getúlio. Seu gesto ficou na história da época. Deixando o cargo e o emprego oficial, foi viver de advocacia. A família teve os seus reveses. Kalma fazia chapéus para fora. Fez todos os meus.

 O seu casamento não deu certo. Ela tentava derivar, e partiu para o teatro. Lembro-me de sua estréia, no Tablado. Contracenava com Pedro Augusto Guimarães, também de Juiz de Fora, nosso vizinho. A peça era *École de Veuves,* de Jean Cocteau. Kalma pode ser tomada como o ideal de beleza da época. Tão Gene Tierney... Era a década do *glamour* — Kalma era o *glamour*. Ela mesma desenhou os figurinos da peça. Usava um vestido de *gaze*, cor de goiaba, com as costas decotadas. A sutil elegância da época.

 Por esse tempo o Tablado estava despontando. Maria Clara, de certa forma, queria fazer teatro com um grupo de uma classe social que tinha princípios, moral, boa educação e, o que era mais importante, fosse católico. Claro que era um catolicismo aberto, sem beatice, um catolicismo que até fazia teatro. Uma elite católica e por coincidência, social. Havia a maior seriedade e um comovente amor ao teatro. Não me esquecerei nunca de Maria Clara, Kalma, Napoleão e Cláudio fazendo O *Tempo e os Conways*. Quando levaram *Nossa Cidade,* Grande Otelo, na minha frente, chorava tanto que quase foram obrigados a parar a peça.

 Fui assistir à estréia de Kalma, com Laura. Sua carreira como figurinista começou daí.

Kalma abriu muitos caminhos para mim. Esteve sempre muito acima de sua geração. Suas tias já tinham aberto caminho em Juiz de Fora. Ela é lúcida, consciente, debaixo do seu charme, do seu calor humano quase excessivo, da sua amabilidade quase exagerada. Tem trabalhado em silêncio dentro de si mesma. Tem sofrido mais do que deixam entrever os seus límpidos olhos azuis. Tem sido fiel a Laura todos esses anos. Laura, tão importante. Ser fiel a ela é ser fiel a mim.

NAPOLEÃO E KALMA

Eram ambos belos. Kalma ainda é, Napoleão foi até o fim.
   Tinham em comum, além da beleza, aquela extraordinária facilidade de comunicação, um encantamento que vinha de dentro e envolvia.
   Ficaram amigos no Tablado e sempre permaneceram fiéis um ao outro. A profissão os uniu mais — projetaram-se como figurinistas, receberam os mesmos prêmios, fizeram carreira juntos.
   Napoleão, além de figurinista foi cenógrafo e ator. Tudo o que fazia tinha qualidade. Como cenógrafo e figurinista, jogava com aquele bom gosto que lhe fluía fácil. Mas não parava nisso. Às vezes dizia que desconfiava do bom gosto. Tinha razão.
   Como ator, era todo elaboração e inteligência. Nunca foi um ator espontâneo, e sim construído, medido.

O mais tocante nele era a vaidade. Quando estreava telefonava aos amigos para saber a sua opinião. Perguntava tudo. Não deixava de ser uma forma de humildade e, também, de ser generoso. Dividia o êxito. No fundo, uma forma de dar, muito sua, muito peculiar.

Tinha, também, comovente amor às suas origens, às suas raízes. Era Moniz Freire e Iralla. Os Iralla eram nobres paraguaios.

Uma vez, tendo ido com ele a um jantar em que todos falavam sem parar em dinheiro, levantou-se, colocou o guardanapo em cima da mesa e me disse alto: "Rachel, vamos embora. Eu sou um príncipe."

Frágil aparentemente, possuía, na verdade, firme determinação. Para começar, ser ator não lhe devia ser fácil. Era tímido.

Uma das combinações mais felizes que já vi, foi Napoleão e Kalma. Juntos, eram assim como uma tarde de verão, algo para ficar na memória. Desses seres que irradiam, não muito fáceis de encontrar.

Napoleão apaixonou-se por Kalma ao conhecê-la. Mas aquela amizade que sempre fluiu entre os dois era mais do que amor. Feita para permanecer.

Em *O Tempo e os Conways,* Napoleão aparecia de farda, indo para a Primeira Guerra Mundial. Era uma visão. Devia ter pressentido, naquele dia, que não tinha sido feito para durar muito. Ele se gastava a cada instante. Consumia-se todo. Sua existência foi um momento de transitório esplendor.

O ANJO

No começo, era apenas a irmã de Isabel. Isabel dava jantares em casa e ela passava. Nós ficávamos olhando sem entender bem. Mas Isabel não apresentava. Ela às vezes entrava em casa, altas horas da noite, buscava qualquer coisa e voltava para a rua.

Um dia, não sei como, nós estávamos tocando violão na varanda, quando apareceu. Pegou o violão e tocou. Ficamos sem fala, eu principalmente, pois nesse dia, enquanto cantava, a descobri por dentro.

Para resumir, devo dizer que ela não era uma pessoa apropriada para os anos 40. Talvez não fosse uma pessoa apropriada para nenhuma época. Possivelmente o seu reino não era desse mundo, mas daquele mundo é que não era mesmo.

Daria um personagem, ou melhor daria um livro todo.

Cândida tinha se apaixonado por um jovem poeta da Bahia. Quando se apaixonava era uma coisa séria. Tanta carência resultava em tanta entrega. Ela passava a viver para a pessoa amada e cuidava dela até nos seus mínimos detalhes. Lembro-me de uma ceia de Natal que deu (é a única pessoa que conheço que *conserva o* Natal). O jovem namorado gostava de amarelo. Ela fez um Natal em amarelo: até os enfeites da árvore eram todos dourados. Tudo em tons e sobretons, inclusive as flores. Fui, vestida de amarelo.

Daquela vez, com o jovem da Bahia, a coisa estava séria. Ele tinha vindo para o Rio, mas de repente, dera-lhe um saudosismo da província e ele partira, deixando uma carta.

Ela surgiu em minha casa desesperada.

— Nós íamos cear juntos hoje. Eu fiz um vestido vermelho lindo, só para a ceia.

Pode não parecer sério, mas era. Em Cândida, o detalhe era quase sempre o principal.

Eu disse:

— Vá à Bahia e ceie hoje com ele.

Ela mais animada:

— Você acha que devo?

Eu:

— Deve sim. Se não der certo, ficou a ceia.

Ela foi. Na manhã seguinte, o telefone toca da Bahia.

— Olhe, aconteceu uma coisa incrível. Vá me esperar no aeroporto.

Que seria, meu Deus? Dela se podia esperar tudo.

No carro, em francês, foi contada a estória. Ela chegou na Bahia, telefonou para o poeta. Muito espanto (espanto...). Ele não queria aparecer. Ela insistiu. Pediu-lhe que fosse cear com ela no hotel. Acabou concordando. Encomendou champanha, um jantar especial, tomou um banho de imersão perfumado, vestiu o vestido vermelho, soltou os cabelos. Deixou a porta do quarto entreaberta. Colocou-se no ângulo mais apropriado. Ele abriu a porta e a descobriu.

Bem, deu tudo errado. Ele não quis mesmo. Ela seduziu, chorou, apelou, nada conseguiu. Ficou sozinha no quarto, com champanha e jantar.

Então, teve a idéia.

— Vou me matar — o cenário era ótimo, o vestido também; e pensou sério, pois sempre pensava sério: tirou o vidro de pílulas para dormir e já ia executar a operação, quando se lembrou de dar uma volta na praça. Ia ser uma espécie de despedida.

Já vinha vindo uma aragenzinha de madrugada. Sentou-se num banco, e de repente, o pranto lhe veio incontrolável. Chorava tão alto que ela mesma se assustava com os soluços. Então alguém lhe bateu no ombro:

— Madame, está passando mal?

Era o guarda que fazia a vigília do Palácio. Levantou-se, abraçou-se ao guarda e chorou mais ainda.

— Não se preocupe, madame, eu dou um jeito nisso.

Foi andando lentamente, abraçando-a pela cintura. Parou nas escadarias, pousou a espingarda e prosseguiram em direção de um lugar bem escuro, atrás de uma árvore.

Ela conseguiu pensar:

— Eu, filha de minha mãe, neta de meu avô, bisneta do meu bisavô, numa praça pública, sendo executada, em pé, por um guarda!...

E ele muito ternamente, como se estivesse falando com uma criança, alisando-lhe os cabelos:

— Agora a senhora está melhor, madame, pode ir para a casa.

No caminho, pensava:

— Eu não vou me matar. A vida é fantástica, é fantástica demais para perdê-la.

Se eu acreditasse em anjos, diria que o guarda era um, e que o Senhor o tinha mandado para salvá-la.

SANTA ROSA

Santa Rosa morreu na Índia, um país onde a morte é considerada um acidente natural, ou apenas uma pequena pausa. Ele, tão plantado na vida, buscando-a sempre, persistentemente, em tudo o que fazia.

Nesta ocasião, apareceu o seu retrato nos jornais — rosto redondo, óculos, nenhum cabelo, cigarro constantemente pendurado na boca. Era um tipo arredondado, sem arestas, sem ossos à vista. Carregado de humanidade, alguém para se levar para casa, sentar no sofá e deixar falar.

Por essa época, literatura estava muito fora das minhas cogitações. Mas aquela estranha morte na Índia me deixou muitos dias abalada. Não combinava com ele, tampouco parecia destinado a qualquer tipo de tragédia. Sua integração à nossa paisagem era total. Como pois aceitar aquela morte num mundo tão diferente?

Uma vez, ilustrou um conto meu. A ilustração era muito melhor do que o conto. Dera a ele uma dimensão que não tinha. Quando vi a ilustração pensei: era assim que eu queria ter escrito. Eu falava numa chuva translúcida. Ele fez uma chuva translúcida.

Pelos idos de 40 fui parar, não sei como, no seu atelier. Sentei-me num caixote. Livros e quadros por toda a parte. Maquetes para cenários. Ele nem desconfiava que eu era a moça de quem, alguns anos antes, tinha ilustrado um conto. Nada lhe disse.

Tirei da estante o *Romancero Gitano,* de García Lorca.

— Que tipo lorquiano, você é — disse-me. Por dentro e por fora.

Eu ri e concordei. Leu-me uns versos do *Romancero* e depois me disse:

— Olhe, não quer posar para mim? Faria de você um retrato lorquiano.

Olhei para os seus quadros na parede. Não havia quase figuras. Uma nítida atmosfera da época, a visão de beleza da época. Ninguém retratou tão bem o espírito, a sensibilidade da década.

Pensei — posarei. E combinei aparecer no dia seguinte. Não o vi mais.

Tão importante. Tão humano, sua arte impregnada de vida. Perdi o retrato, mas guardei sua imagem. Lembro-me dele totalmente — voz, gestos, riso, modulações, terno, sapato. Pouca gente permaneceu tanto dentro de mim. Foi curto o instante, mas tão permanente. Não pintou meu retrato, mas o dele pintou-se em mim.

OUR HEARTS WERE WARM AND GAY

A Faculdade Católica (naquele tempo ainda não se chamava PUC) ficava na Rua São Clemente, numa casa majestosa com colunas brancas. Poucas salas de aulas, poucos alunos. Tudo muito simples, despojado. O padre Leonel Franca tinha o ar ascético dos homens da família de Laura. O padre Lustosa era mineiro. Naquele tempo não havia ainda a preocupação das instalações imponentes, do luxo oficial.

O pátio atrás era cheio de árvores. Debaixo delas se passeava no recreio. Namorava-se muito, naquele "engano de vida, doce e ledo".

Os professores eram bons e se estudava. Ninguém trabalhava.

De manhã, eu pegava o bonde 14. Quem morava em Copacabana ia no mesmo bonde. Tão íntimo, tão familiar, que acabava todo mundo ficando amigo.

Fomos à Argentina, de trem, em excursão, no fim do primeiro ano. Álvaro e eu tínhamos claustrofobia, não dormíamos na cabine, íamos para a plataforma. Nossa claustrofobia era assunto. Ninguém entendia muito bem. Mas a plataforma tinha os seus encantos.

A beatice das pessoas continuava a me perseguir. Havia as Pedrosas, que, domingo, improvisavam um altar no trem e rezavam uma espécie de missa. Pareciam duas freiras maceradas.

Álvaro fazia maldades com elas. Uma vez estavam falando mal de mim e de Juju na cabine, com a porta entreaberta. Álvaro abriu a porta, com aquele seu ar de Mefistófeles, e disse: "Ouvi tudo e vou contar tudo." E contou mesmo.

Na volta da viagem, retornando às aulas, organizamos um grupo de teatro, dirigido pelo frei Hasselman. Levamos *Alceste* de Eurípedes. Respirava-se um intelectualismo à la Maritain. As aulas de religião eram dadas pelo padre Cerruti. Ninguém levava muito a sério.

Havia festinhas em casa de Luís Kelly e de Ronaldo. As de Ronaldo renovaram as festas da época. Os pais saíam e nós ficávamos sozinhos. A casa era gostosa, as festas dadas numa espécie de sótão amansardado. Afora um ou outro pileque, tudo se passava de forma muito inocente. Às vezes nos reuníamos ali de tarde, para ouvir música. Eu e Ronaldo puxávamos angústia. Estávamos devorando Sartre. Barrault levava no Municipal *Les Mains Sales*. A lucidez de Sartre foi um soco no meu misticismo. Era preciso prescindir de Deus, mesmo que existisse. Minha vontade de Deus, entretanto, ainda estrebuchava. Fazia incursões ao Mosteiro de São Bento, tornei-me amiga de Dom Martinho, o abade. Mas era inútil. A fé estava morta, eu sabia, e (como dizia Sartre) restava o desespero. Mas a vida em volta era boa e eu não conseguia me desesperar muito.

Tinha me sofisticado com o tempo. Conhecia gentes, freqüentava lugares. Aos domingos costumávamos ir ao Jóquei. Jantávamos fora. Conheci boates — fomos ver a Juliette Grecco e a Danny Dauberson, na Vogue. Também a Piaf. Ronaldo e Kelly eram os grandes articuladores de programas. Namorei Luís Noronha, que foi atrás de mim quando passava as férias em Belo Horizonte. Teresa Maria namorava Luís Paulo, Kelly namorava Regina, Edgar namorava Beatriz, Marcel descobria Eça de Queirós e só falava nisso. Teresa Maria dava jantares com mesinhas e tocava-se violão a noite toda. Víamos o amanhecer da varanda, na Avenida Atlântica.

Laura, que vinha freqüentemente ao Rio e se hospedava na minha casa, ingressou no grupo. Ronaldo apaixonou-se por ela. Sempre se apaixonava pela pessoa errada.

Uma das coisas mais engraçadas ocorridas na época, foi o furto das folhas de freqüência. É que quase toda a turma tinha perdido o ano, por não comparecimento às aulas. Álvaro foi o autor intelectual do crime (executado por alunos que por já terem passado de ano, estavam acima de qualquer suspeita), e comandou pessoalmente o assalto. Das moças, apenas Teresa Maria e eu soubemos. Planejou-se tudo em casa de Rivinha, meticulosamente. Entraram na faculdade, pulando o muro, na calada da noite. Arrombaram a porta da secretaria. Levaram as folhas de freqüência. A volta teve lances emocionantes, pois foram perseguidos por um cachorro, saído ninguém sabe de onde.

No dia seguinte, a faculdade tinha um ar de sexta-feira santa. Tudo parado, pesado, ar saturado. Foram todos submetidos a severo interrogatório. Álvaro, chamado com muito jeito, por ser o presidente do diretório, protestou energicamente contra o interrogatório. Fez um discurso. O reitor (que figura!...) se desculpou, a cabeça baixa. Não se conseguiu apurar a culpa de ninguém. A polícia, chamada discretamente, para evitar o escândalo, não achou nenhum vestígio. Passaram todos de ano.

Nunca me esqueço do discurso do reitor, na véspera de nossa formatura. O padre Franca tinha morrido. O reitor era aquele senhor pomposo, voz grave, todo grave. Falava na elite que éramos e nas "pompas e honras da igreja". Há católicos de vários tipos, até aqueles que o são por amor à pompa, apaixonados pela cor de púrpura, pelo luxo dos paramentos. Acho que são católicos *en faute de mieux*. Era o caso do reitor...

A minha formatura, marcou o fim dos anos 40. Houve grandes festas, como não podia deixar de ser.

Depois, todos se casaram, certo alguns, errado quase todos.

Comemoramos, há pouco tempo, em volta de uma grande mesa, vinte e cinco anos de formados. Através dos cabelos grisalhos, os rostos cansados, eu procurava ver vinte e cinco anos atrás. Onde havia ficado "a relva dos domingos"?

UM HOMEM DO MUNDO

Chamava-se Augusto e era belo, provavelmente um dos mais belos rostos de homem que já vi. Uma beleza delicada, gênero Gérard Philipe. Tinha um tom de pele bronzeado, o cabelo meio sobre o dourado.

Conheci-o na faculdade. Tomávamos juntos o bonde 14, mas ele, embora se sentasse várias vezes do meu lado, jamais conversou comigo. Até que, um dia, no parque da faculdade, não sei por que, conversou. Para mim era um tipo inteiramente novo, algo que eu nem suspeitava existir.

Ele avaliava roupas e sapatos. Era um *connaisseur*. Avaliava a qualidade do couro, a procedência das fazendas. Para seu próprio uso, aplicava um certo desinteresse no trajar, que lhe ficava muito bem. Um desinteresse cuidadosamente estudado. Perguntou-me de onde tinha vindo. — "De Juiz de Fora", respondi. — "O que é isso?" Foi mais ou menos como se lhe tivesse dito que era lá pelos lados de Madureira.

Empenhava-se em "ser bem". Era a sua busca, a sua metafísica.

Ali, quase todos tinham essa coisa chamada "nascimento". A bem da verdade, tirando uma minoria, ninguém se importava com isso. Eu vinha de uma terra em que todo mundo "nasce", pois mineiro tem mais raiz do que árvore. Mas, ali estava um ser, com uma tremenda aplicação em "parecer nascido", algo absolutamente inédito.

Aprendi a conhecer o gênero. Era o esnobe, uma forma de existir muito peculiar, muito especial. Creio que Proust, na *Recherche,* esgotou o assunto. Mas, nos anos 40, aqui no Rio, era uma espécie de doença, de epidemia contagiosa, hoje cultivada apenas por um número reduzido e já totalmente desmascarada.

Pobre Augusto, não era parvo. Podia-se dizer que era até sensível. Poderia ter vivido, amado, feito amigos, estabelecer diálogos. Mas havia aquela disciplina férrea em parecer, da qual não abria mão um minuto sequer. Não tinha tempo para viver.

Não falava abertamente nos lugares que freqüentava, nos amigos que tinha. Deixava cair frases ao acaso. Jamais se permitiria parecer *nouveau riche* (ele, que nem rico era), mas tinha a maior fascinação pelo dinheiro.

Cultivava revistas sociais, onde seu retrato saía, com aquele ar *blasé*, muito entediado, atrás do qual escondia o seu encantamento.

Não tinha fôlego para fazer o *grand seigneur.* Nem fôlego, nem imaginação. Fazia o esnobe.

Um dia, vi os seus olhos brilharem, porque desceu do carro, no pátio da faculdade, uma colega nossa, num enorme automóvel preto, cuja porta era aberta

por um *chauffeur*. Não conseguiu resistir, veio até mim:
— Ela tem *chauffeur*?

Eu me ri, lembrando-me de Seu Nogueira, que levava a minha pasta, quando vinha a pé do colégio, margeando o Paraíba. Para nós, não era nada de especial, era o Seu Nogueira, um homem que vestia terno azul-marinho.

Dizia também que era muito importante "não falar com todo mundo". Eu pensava em meu avô, saindo a cavalo comigo, falando com todo mundo e me dizendo que "era muito importante falar com todos".

Ficava pensando — toda essa aplicação, esse esforço, essa disciplina, exigiam força de vontade. E me lembrava de tio Mário: não é só *ser* direita, é *parecer* direita. Ali não era o ser, era só o parecer. No fundo, uma tremenda falta de sutileza.

Pobre Augusto, era ingênuo. Não tinha dinheiro, não tinha poder, a família era pouca, casar não casou. Ficou.

Um dia, me disse:
— Rachel, nome tão bonito. Você também é. Por que não se chama Rachel Morgan Snell?

Cada qual *chama o* que é, Augusto.

GÉRARD PHILIPE

A primeira vez que o vi foi em *O Idiota*, de Dostoiewski. Cada tipo de platéia tem, naturalmente, o seu ator. Pode-se dizer, sem erro, que os anos 40 foram os anos de Tyrone Power e Errol Flynn. Vi todos os seus filmes. Pode-se falar, também, em Humphrey Bogart, já para outra platéia. Também vi todos os seus filmes, de 40 a 50.

Mulheres, há várias, inclusive Ingrid Bergman. Entretanto, quem marcou melhor o tipo da época, o chamado *glamour*, foi Gene Tierney, da mesma forma que Jean Harlow e Constance Bennet representam o charme feminino da década dos 30. Gene Tierney era a elegância, a classe, a sutileza da época, um tipo de mulher, meio esportiva, aparentemente despojada e sem excesso de languidez.

Para mim, o artista da década foi Gérard Philipe, embora se tenha projetado mais nos anos 50. O cinema americano ainda cultuava o macho. "Homem tem que ter cara de homem." Que é cara de homem? Cara é para mostrar uma alma, ou seja lá o que for, que está dentro do homem. Gérard Philipe tinha uma cara com alma e uma espécie de fragilidade quase inadmissível nos galãs da época. Alain Delon, nos anos 60, explorou, sobretudo em Rocco, essa espécie de fragilidade. Em Gérard, ela era natural, não explorada. Mas era viril nas cenas de duelo, cavalgadas, escaladas de janelas. A masculinidade na justa medida, sutil e não óbvia.

Ao vê-lo, no príncipe Mirsky, perdi a respiração. Acho que não enxerguei mais nada no filme, seguindo todos os seus gestos, inflexões. Que combinação, Dostoiewski e Gérard Philipe!

Vi-o depois em Julien Sorel. Não fazia, fisicamente, o tipo que o escritor descreveu. Mas nunca mais reli o livro sem ver Gérard Philipe. Em *Liaisons*

Dangereuses, representou o intrigante cínico, o diletante da intriga. Para realizar o papel não era preciso apenas sensibilidade, era preciso inteligência. Gérard tinha as duas.

Não o vi no Cid, uma das grandes tristezas da minha vida. Mas posso ouvir perfeitamente a sua voz, ao ler o texto. Acho que, um dia, ele aparece para mim vestido de Cid, dizendo os versos. Ou quem sabe se no céu? "No céu, no céu, na santa glória um dia, no céu, no céu, no céu triunfarei."

JEAN-LOUIS BARRAULT

A primeira vez em que se apresentou aqui, estávamos na faculdade e fui vê-lo com o nosso grupo. Foi nessa época que ele levou *Les Fourberies de Scapin,* com aquele cenário em tons de cinza. Laura chegou de Juiz de Fora para vê-lo. Aníbal Machado ofereceu-lhe uma festa. Kalma o ensinou a dançar samba.

Conhecemos alguns dos atores da Companhia e saímos com eles. Kalma lhes fez um almoço em casa.

Era uma época em que ainda se cultivava um resto de cultura francesa. Não de cultura, propriamente, mas de sensibilidade e inteligência francesas. Naquele mundo ainda se podia levar *Ondine*, de Girardoux.

Na noite de encerramento, a Campanhia fez um recital de poesia francesa. Era uma educação. A língua e os poemas de tal forma ajustados, a combinação tão perfeita!... Falar se transformava numa arte. Para tanta naturalidade, tanto requinte. Naturalidade pela elaboração, toda uma técnica.

Aquele mundo tinha vivido uma guerra, mas subsistira. Para nós, da platéia, parecia um fato corriqueiro. Para eles, manterem tamanha coerência depois do mundo ter desabado a seus pés, era uma façanha heróica. Tinha vontade de subir no palco e condecorá-los um por um.

A Comédie entrou em agonia. Era um estado de espírito, como quase tudo na vida. Como também eram os anos 40.

MAXIM'S

Ficava na Avenida Atlântica, pelas alturas do Lido. Luís Paulo o descobriu e passou a descoberta aos outros. Ficou sendo um ponto para a turma. O *barman* era um francês típico chamado Freddy, provavelmente nome inventado. Ficou muito amigo nosso e conhecia de cor as nossas preferências musicais. Eu, um ser tão rural, não gostava a princípio daquele confinamento e tinha sempre a sensação ao entrar ali de estar deixando para trás outra Rachel. Todo mundo caçoava de mim, mas no fundo eu gostava, mesmo, era de jantares imensos em mesas compridas, um desfile de pudins e doces de compoteira. No começo, achava aquele confinamento do Maxim's muito pobre, sem a menor densidade, desnecessário. Terminei gostando. Na pouca luz acabava existindo um envolvimento sutil entre as pessoas, a música penetrava, uma sensação de alheamento e proteção pairava.

Chegávamos no bar e Freddy ia pondo logo as nossas músicas. *Mélancholie, Est-ce ma faute à moi?, Trois fois merci.* Maria Helena Trigo, que morava em São Paulo, prima de Teresa Maria, apareceu no Rio. Ao contrário de mim, Maria Helena era um ser visceralmente urbano, tinha uma inteligência urbana. A nossa visão do mundo era diferente, mas ficamos amigas. Tocávamos violão em casa de Teresa Maria, pela noite afora, e Maria Helena se divertia quando eu, depois de alguns uisquezinhos, começava a pedir: "Mais triste, mais triste!..." Acabava sempre com "Aço frio de um punhal foi teu adeus pra mim". No verão, íamos às vezes para Petrópolis, hospedados no sítio de Teresa Maria. Os programas de violão prosseguiam por lá e, numa pontezinha perto da porteira, passamos muitas noites, sentadas em colchões e almofadas, a tocar e a cantar. Afonsinho, primo de Tereza, era grande seresteiro. Sabia músicas mineiras, para deleite meu. Cantava uma, muito engraçada, que falava em "avejão", sobre uma mulher muito feia. Aquele senso crítico mineiro, às vezes tão implacável.

O Maxim's foi todo um estado de espírito, característico de uma época de nossas vidas. Para mim, sem dúvida, um estado de espírito artificial. Mas foi importante para o grupo e traria algumas conseqüências. Teresa Maria descobriu que Luís Paulo voltava para lá depois de deixá-la em casa e ia muitas vezes, acompanhado. Desmanchou o noivado. Foi um susto.

No fim do ano Freddy deu uma festa aos seus freqüentadores, a quem distribuiu prêmios. Luís Paulo foi considerado "le meilleur battement de coeur". No dia seguinte havia uma nota em um dos jornais da cidade, que começava assim: "Os notívagos inveterados tiveram a sua festinha." E os nossos nomezinhos todos lá. Houve a maior reação familiar. Cortaram o Maxim's. Também, de certa forma, já o tínhamos esgotado.

O único programa que persistiu mesmo, durante os cinco anos de faculdade e alguns depois, foram os jantares de domingo em casa de Teresa Maria, conversas e violão na varanda. Para mim foi o que ficou de melhor. Acabei me acostumando com o mar ao vê-lo dali, lua nascendo, lua se pondo, sol nascendo, sol se pondo, tardes cinzas. Quando brigava com Luís, muitas lágrimas foram derramadas daquela varanda. E ela foi, de certa forma, responsável pela minha transformação num ser humano menos mineiro, mais universal. Eu tinha me integrado, afinal, à paisagem.

A FESTA

A nossa festa de formatura não podia ser, naturalmente, uma festa comum. A turma era muito especial, muito íntima e estávamos mais ligados fora da faculdade do que dentro.

Aquela época foi, de certo modo, uma época de deformação para mim. Eu vinha de um mundo muito diferente, eu própria era muito diferente. Mas, por uma atitude deliberada, queria ser igual aos outros. Não tinha encontrado nem a minha forma, nem a minha razão de ser no mundo. Era uma *gauche*. O primeiro golpe na minha individualidade foi terem-me feito rainha da faculdade, logo no primeiro ano. Eu, rainha da faculdade!... Não combinava nada. Recolhi-me, fechei a cara, mas não adiantou. Até um baile fizeram, para comemorar.

O grupo intelectual dominante era sofisticado demais, me fazia medo. Não tinha nenhum ranço da província. Eu, era só o que tinha. Tão sofisticados eram, que Sérgio Cardoso, que cursava o quinto ano, foi recusado para fazer parte de uma peça de teatro "porque não tinha absolutamente nenhum talento". Fui chamada para trabalhar em *Alceste,* mas era tão tímida, que só consegui ficar no coro. Quem patrocinou a peça foi a princesa Dona Maria Teresa de Orléans e Bragança. Na estréia, Hélio Jaguaribe, de smoking, fez a apresentação. Pascoal Carlos Magno publicou uma crítica, dizendo que, para começar, o apresentador devia tirar o smoking. Travou-se uma polêmica entre Hélio e o crítico. Jorge Hue desenhou as roupas. Fez também os cenários. Estavam lindos, mas o resto foi mesmo muito ruim.

Havia uma revista literária editada pelo grupo. Chamava-se *Pégaso.* Apareceu o primeiro número com artigos de Cândido Mendes, Hélio Jaguaribe, poemas de José Paulo Moreira da Fonseca. Aquele grupo tão hermético me apavorava.

Todos eram muito plantados dentro do catolicismo. Eu estava muito longe dele. Não tinha o menor talento para ser católica. Partir então, para o quê? Olhei em volta, o pessoal da turma era jovem. Eu queria ser jovem. Fui. Acho que foi um dos únicos casos no mundo em que se é jovem por opção.

Durante cinco anos vivemos todos juntos, intensamente. Houve brigas, é claro, dissensões, rivalidades amorosas. Mas tudo acabava bem, às vezes até com lágrimas.

No Natal, religiosamente, nos reuníamos na Colombo de Copacabana, de tardinha, e fazíamos a distribuição de presentes.

Os *réveillons* eram em casa de Ronaldo. Lembro-me de um em que a mesa tinha como decoração, à guisa de castiçais, dois potes compridos, um com caviar preto, outro com caviar vermelho. Eu tinha aprendido a ter uma excepcional voracidade em relação a caviar — a mesma que sentia antes por jabuticabas. Luís me fazia presentes de potezinhos. Eu devorava torradinhas deitada, enquanto lia.

Meu maior amigo na turma foi Álvaro. Ele daria um estudo à parte. Quando o conheci estava pensando em entrar para o seminário. Um dia me disse: "Eu não podia ser padre não, só se começasse por bispo." Cortei relações algumas vezes com ele. Tinha também o seu demônio particular e fazia maldades grandes e pequenas com os outros. Maldades engraçadíssimas, é claro, e às vezes merecidas. Seu poder de enxergar através das pessoas era enorme. Sua liderança, absoluta, habilidade política extraordinária. Entretanto, sempre achei que vivia fora de sua época. Devia ter nascido na Renascença, ser cardeal, fazer tramas terríveis nos bastidores. Não era, entretanto, um intrigante no sentido banal da palavra. Era um intrigante com i maiúsculo, daquela intriga política que movia nações. Faltou-lhe cenário para isso. Foi, sem dúvida alguma, o melhor tipo que conheci na faculdade, todo luz e sombra.

Ronaldo era o único que sentia angústia existencial. Por isso nos entendíamos. Era a única pessoa com metafísica, naquele grupo. Álvaro não era um ser metafísico, era um ser político. Professa até hoje uma espécie de catolicismo absolutamente incompreensível para mim, mas nem por isso menos sincero. O seu amor a condecorações é outra coisa que também me escapa; mas todo o conjunto faz sentido, forma um todo. E um homem composto de meandros.

Sempre fui mais amiga de Álvaro, mas sempre conversei mais com Ronaldo.

Foi com Álvaro, é claro, que dancei minha valsa de formatura. Muitos anos depois, dançaríamos "em memória" uma valsa num cabaré em Montmartre e, por incrível que pareça, naquele momento me senti tão jovem quanto vinte anos antes.

O baile realizou-se no Iate, numa noite quente. Luís Paulo comandava a orquestra, eram só músicas escolhidas, que faziam parte do nosso folclore.

Saímos todos juntos e fomos ver o nascer do sol no Arpoador. A brisa vinda do mar agitava o tule do meu vestido branco. Estávamos pálidos ao amanhecer.

Quando acordei, no dia seguinte, senti a estranha sensação de ter deixado de ser jovem.

LUÍS

Coitado não estava preparado para mim. Mas de repente, passou a encarnar tudo o que eu buscava, o não-intelectualismo, a simplicidade, a dedicação. Concentrei-me nele, buscando proteger-me de mim mesma.

Ia me levar cedo para a faculdade. Era muito amor. Não tinha um minuto para si, tudo para mim. Eu, tão fechada, mas tão carente de entrega, me entreguei.

Mas era apenas um menino. Eu pesava. A família o aconselhava a se libertar, viajar, viver. Mandaram-no para a Europa. Foi, mas ainda muito fixado em mim.

Ficamos anos namorando e brigando. Por fim, libertou-se. Virou, primeiro, *playboy*, depois homem de negócios.

Era filho de mineiros, família enorme, doze filhos. Com isso, me sentia um pouco em Minas.

Luís, perdi para sempre. Tão importante foi e tão apagado no tempo. Instalou-se do lado feliz da vida. Merecia. Eu nunca tive nenhum talento para a felicidade e por isso a busquei nele, tão desesperadamente. Fico pensando: permaneceu nele alguma coisa de mim, dos passeios noturnos de bonde em Juiz de Fora, do silêncio das estradas em Miraí?

Não, deve ter se esquecido completamente. Não faz mal. O esquecimento ainda é memória.

IRMÃ AGLAÉ — SEU LEONEL — A PUC

Saí do Stella Matutina, creio que em 1942. Tinha dois amigos, entre os professores, irmã Aglaé e Seu Leonel Klein. Irmã Aglaé era baixinha, lábios grossos, olhos puxados. Ensinava História e era das poucas professoras formadas em Filosofia. Eu lia História desde criança, nos livros de papai. Sabia quase tanto quanto ela e, depois da aula, comentávamos os fatos estudados. Ela, claro, era católica e via na História o dedo de Deus. Eu não via dedo algum, mas invejava aquela fé. Fé que a fizera abandonar a casa, o conforto material, o amor da família.

    As freiras eram severas comigo. Irmã Aglaé, não. Creio que tinha por mim esse amor que a Bíblia recomenda às ovelhas perdidas. Uma vez me disse: "Para achar, às vezes é preciso perder. Você encontrará a fé outra vez." E me aconselhava muito a não ser tão implacável comigo mesma. "Você expulsou o seu anjo", dizia, "acha que não merece anjo. Sem anjo a vida fica difícil. A sua vai ser difícil, mas anjo só fica se a gente quer. Você não quer." Eu perguntei como é que, tão inteligente, podia viver ali no meio das outras freiras e aceitar a religião sem duvidar. Ela me olhou: "É muito fácil viver no meio de gente sem inteligência, mais fácil do que imagina. O problema aqui é outro, é a fé. Cada um tem a fé no seu limite, mas aqui todas têm. E olha, eu tenho dúvidas, sim, mas não faz mal. Esse é o meu limite."

    Seu Leonel era louro, louríssimo, alemão típico, mas só fisicamente. Quando visitei as cidades do Reno, pensei nele. Devia ser um alemão daqueles lados, quem sabe se de Friburgo. Em Friburgo achei que devia ter nascido lá, combinava com a cidade.

Tinha vindo muito pequeno para o Brasil, falava português sem sotaque e sabia latim a fundo.

Lia as minhas composições em voz alta e me dava sempre dez. Uma vez, Gladys, que era a primeira aluna, me falou: "Olhe, você não põe uma crase, erra as vírgulas, não sabe gramática e o Seu Leonel só dá dez. A mim não dá." Achei que tinha razão e depois de uma aula falei com ele:

— Olhe, Seu Leonel, eu não sei nada de gramática, não consigo aprender análise lógica. A Gladys sabe tudo. Por que é que o senhor dá dez para mim e não para ela?

Ele ficou vermelho:

— Menina, você não tem nada que estudar gramática, sabe português de ouvido. Se aprender gramática vai complicar tudo. Deixa os acentos e as crases comigo, eu ponho. A Dona Gladys só escreve tolices.

Uma vez conheci um menino da Academia de Comércio, onde Seu Leonel também era professor. Ele me disse:

— Você é que é a Rachel? Seu Leonel lê todas as suas composições para nós, na aula de português.

Fiquei espantadíssima.

Quando estourou a guerra, Seu Leonel foi preso. Ensinava Português a meninas brasileiras, mas ninguém viu isso... Aquela prisão o amargurou pelo resto da vida.

Muitos anos depois resolvi correr o colégio. A irmã da portaria ainda era a mesma, embora bem mais velha. Irmã Aglaé não estava e Seu Leonel já não se encontrava mais lá. Agüentei firme, percorri tudo, a irmã sempre atrás. Terminei na capela. Ainda cantavam *Tantum ergo*. Continuei firme. Abri a pesada porta e saí. Na escada, disse: "Merda!..." em voz bem alta. E varri a visita da minha cabeça.

    Com a PUC foi diferente. Recebi um convite para um concerto. Fiquei com vontade de ver as novas instalações, o mundo em que tinha se transformado a nossa casa da Rua São Clemente. Telefonei a Álvaro. "Você quer ir comigo?" Ele não podia. Fui sozinha, esperava encontrar, lá, gente do nosso tempo.

    Cheguei. Moças e rapazes em grande quantidade, tagarelando. Tentava vislumbrar um rosto conhecido. Ninguém. Entrei na enorme sala de concerto. Aos primeiros acordes, foi me dando aquele nó na garganta. Saí correndo. Lá fora, uma lua enorme, esmagadora, opressiva. Não tive dúvidas — sentei na beirada da calçada e chorei, o rosto no colo. Ao longe, latiam uns cachorros. Na rua, só o ruído dos meus soluços. Aos poucos, algumas pessoas me rodeavam. Eu, nada, era como se estivesse sozinha no mundo. Exausta de chorar, o corpo doendo, levantei-me. Olhei a lua. "Filha da puta", disse-lhe. Ela não respondeu. Peguei o primeiro ônibus que apareceu.

RACHEL

Um Anjo do qual o Aleijadinho não suspeitou.

O SUICIDA

Seu nome tinha sido Antônio Estêvão da Cunha. Vi muitas vezes seu retrato. A fotografia era nítida, perfeita, apesar dos quase cem anos decorridos. Traços finos, nariz meio sobre o adunco, olhos escuros. Estranhamente, se parecia comigo.

A roupa denotava extrema finura, no talho, no colarinho, no laço da gravata. Finura que vinha de dentro e que o retrato, de uma forma sutil, captara.

Papai tinha na estante um livro que lhe pertencera, sobre *A Teoria da Evolução,* de Darwin. Não devia ser muito comum, na época, tal espécie de leitura. De sua vida pouco sabia, só que tinha sido fazendeiro e que a fazenda, com a abolição dos escravos, ficara sem braços para trabalhar. Também nunca perguntei muito. O que me interessava mais era o retrato de sua fazenda, chamada "Salto Velho". Sobre a fazenda, papai tinha escrito um poema, que me tocava fundo. O poema era assim:

TERRA DA INFÂNCIA

Aqui estamos meu velho
Velho chão explorado
De explorado cansado
De cansado exausto
Capim-gordura praguejado e sapé
    O que ali foi
Casa-grande engenho colônias
    Não é mais

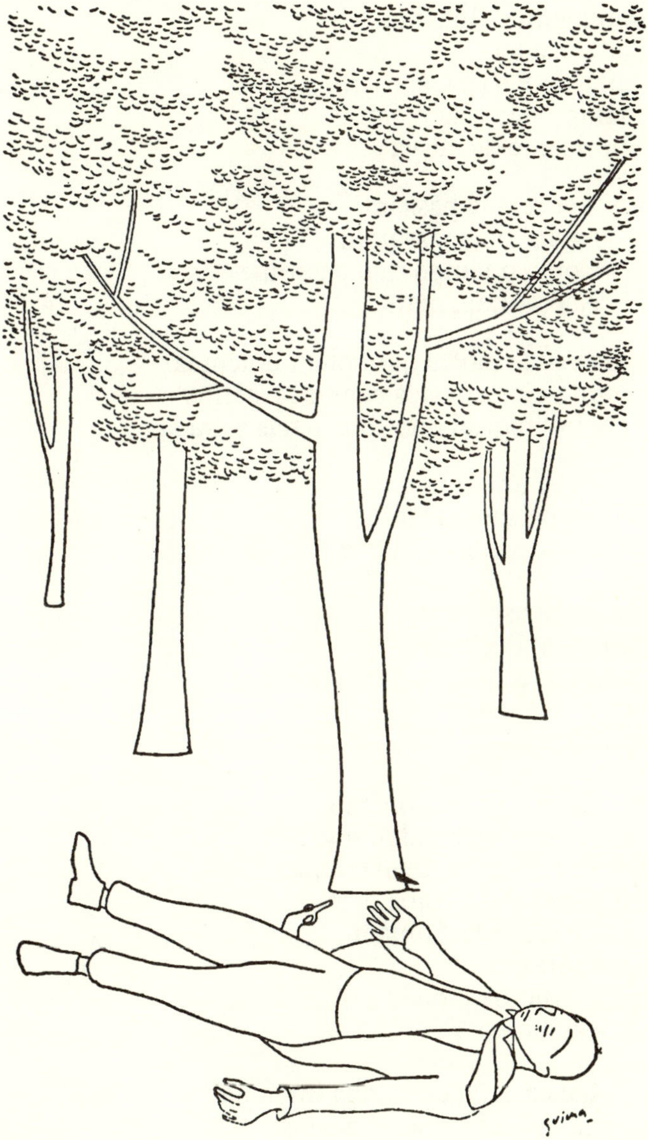
guima

Mantiqueira e Bocaina
Mandam águas
Paraíba de Peri e Ceci
Do tempo que está além
No horizonte da curva

  Águas que passam
  Águas que passaram
  Como o tempo que passou
  Não voltam mais

Nestas águas moles que rolam dolentes
No verde-cinza destes campos e serras
Na poeira imortal que sobe pelas estradas

  Aqui tumultua
  Na paisagem eterna
  A vida-morta do que foi

Pompas de esplendor
E de nobreza agrária
Dessas terras que o suor escravo
Regou e fecundou
E abandonou

Aqui nasci meu velho chão
E vim na esteira bandeirante
De um campeador de aventuras
Aqui plantou sua esperança
Fundou na borda da mata
Outrora arraial
Hoje mui nobre cidade
Cidadezinha do Vale

No velho casarão de minha infância
Mil janelas batiam desabaladas

Rangiam ferragens enferrujadas
No velho casarão de minha infância

Noites frias de chuvarada e vento
Sarampo coqueluche verminose
Pesadelos de um menino doente
No labirinto de um casarão escuro
Esquisitos monstros caranguejeiros

Pesadelo de um menino doente
Despencando sobre dornas hiantes
Guinchos de duendes hostis
Inconformados penantes duendes

No salão deserto
Sombras angulosas bruxuleantes
Nas molduras douradas
Do seu passado fausto
Barões e Comendadores
Conspiravam soturnamente
Contra o velho marechal Floriano de Ferro

Engenho sonolento escuro
Imenso
Parado suspenso
Fainas latentes
Penantes
Fundas dornas vazias
Tonéis ocos
Chochos
Azinhavrados
Complicados alambiques

A velha roda-d'água do engenho
Dias e dias
Vazios

Rolando
Girando
À toa
Louca

Estrada de Ferro Central do Brasil
Bilhete faz favor
Aqui passei e repassei
Suor fumaça poeira mictório
Estrada de Ferro Central do Brasil

Mantiqueira
Bocaina
Paraíba
Paradas de minutos
Pastéis
Cidadezinha
Sempre viva
Na poesia imortal
Da paisagem eterna

 Olhando o retrato, eu podia bem escutar as "mil janelas batendo desabaladas", pois a casa era toda janelas.
 Anos mais tarde, numa de minhas idas a Resende, fui saber desse avô, pai de vovó Glorinha, primo de Dona Augusta.
 Salto Novo era a fazenda de Dona Augusta. Salto Velho, a do meu bisavô. Ele andou pelo mundo, pela vida. Andava e comprava terras, creio que impelido por um certo irresistível amor, pois as terras iam ficando e ninguém mais sabia delas. Andou, andou, depois casou com Mãe Tita e se aquietou um pouco. Mas não conseguia parar muito e começou a construir um

grande engenho, o maior que havia na região. Uma estranha inquietação o possuía. Ia aumentando sempre a casa e as janelas, até não haver mais lugar para mais nenhuma.

Com a abolição dos escravos suas lavouras ficaram abandonadas. Um silêncio aterrador pairava sobre as coisas. Um dia, sem que ninguém esperasse, foi para o campo e se matou debaixo de uma árvore.

Papai, menino, estava em outra fazenda, com Mãe Tita. Um portador foi avisar. Partiram todos no lombo de burros e ainda pegaram meu bisavô deitado na cama, esperando ser enterrado.

Esse foi um dos meus bisavôs envoltos em mistério — um, por parte de mãe, por motivo de bastardia. Outro, por parte de pai, por motivos de morte. O amor e a morte, velhos temas.

Quis conhecer o grande engenho de que falava meu pai, lá pela altura dos anos 40. Dona Augusta dizia que nada havia para ver, apenas um monte de escombros. Peguei o cavalo e lá me fui com Renato, meu primo. Devia ter uns vinte anos mais ou menos.

Das ruínas todas, a que mais me impressionou foi mesmo a da roda d'água. Era uma ruína móvel, pois o vento batia e as peças ainda se mexiam, lentas. Fiquei pensando: "Uma família, que significa?" Deviam ser mais ou menos esses os versos de Drummond. Talvez ali estivesse a origem da minha fixação na morte, de meu desejo do absoluto, de abrir janelas (claustrofobia). Um avô que abria janelas. E depois de abrir tantas, se matou sem explicação. Meu pai escutando "mil janelas batendo desabaladas". E eu ouvindo ainda os gemidos rotos da roda, reagindo à morte, numa sobrevida.

Peguei o cavalo, amarrado numa árvore. Seria aquela? No céu, muito azul, nenhuma resposta.

OS ANOS 70

Laura. — Rachel, você, na sua eterna obsessão da morte, falou mais nos mortos do que nos vivos. Acho que era preciso falar nestes, em toda essa gente que restou, sobras de nós, que estamos vivos, e daqueles que já morreram ou morrerão breve.
Rachel. — Não vejo muito por que falar neles. O que eu quis retratar foi outra espécie de mundo. Com este, eu não tenho nada a ver.
Laura. — Você fala como se também já estivesse morta. Tanto não está que escreveu esse livro.
Rachel. — Não será ele uma espécie de testamento?
Laura. — Você está louca. É um depoimento, não um testamento. Você sobreviveu, não importa como. Está viva e contando estória.
Rachel. — Este livro foi um mergulho muito perigoso. Saí dele muito em pedaços.
Laura. — Não é verdade. O que fez foi justamente o contrário. Você juntou os pedaços. Pense, Rachel! De nós duas eu sempre fui considerada a forte. Você, com suas bronquites, sua asma, seu ar perdido de Dama das Camélias. Eu, com esse jeito de mulher viking, herdado de mamãe. Sempre tive uma saúde de ferro. Você pensa que agüentei sozinha?

Com todo apoio econômico, marido, proteção, tive que arranjar um analista, pôr a cabeça no lugar, juntar os meus pedaços, fazer o meu mergulho. Você, sem ajuda de espécie alguma, aos trancos e barrancos, levando paulada de todo o lado, está aí firme e forte, com a saúde mental intata.

Rachel. — Saúde mental? De onde você tirou isso?

Laura. — Que eu saiba, você nunca esteve internada. Conheço gente que por muito menos!... Olhe, Rachel, você é muito mais forte do que eu.

Rachel. — Engraçado. Qualquer dia desses dou com a cabeça na parede até arrebentar e aí vai ficar provado que sou louca.

Laura. — Não adianta. Não vai arrebentar. Você nunca teve força nem para carregar uma mala, não vai ter para bater a cabeça. Vai ficar só a marca.

Rachel. — A minha saúde mental, está tão intata, que fui pelo menos a uns cinco psiquiatras, nos últimos tempos. Não adiantou.

Laura. — Porque não precisa de psiquiatras. Eu, talvez, precise mais do que você, ou precisaria se tivesse sido desestruturada como você. Vamos ver se raciocina comigo. Você, numa bela manhã, se senta na cama e começa a escrever. Sozinha. Começa por procurar as suas raízes. Sozinha. Desenterra todos os seus mortos. Sozinha. Desenterra-se a si mesma. Sozinha. Vamos dar um balanço em tudo isso. Ficou provado o quê? Que desde menina você contestava. E o que é mais terrível, contestava amando. Amava tanto aquele mundo, aquela gente, que agora não suporta a idéia de estar viva, sabendo que estão mortos. Amava, e mesmo assim, contestava. Amava tanto, que aos treze anos para evitar o conflito, quis morrer. Mas veja como o seu instinto de vida já era mais forte. Você mesma conta — quando saiu de Minas e foi para Guará, onde havia tia Inaiá, onde as pessoas eram mais livres, *onde havia menos montanhas,* então, o sentimento da morte desapareceu. Você curou a doença, ou melhor, a doença se curou sozinha. E daí por diante? Passou a vida rompendo cadeias. Eu me lembro das brigas em sua casa. Para mim foi mais fácil. Eu casei logo. Daí por diante, o problema era Joaquim. Concentrei todas as minhas forças nele. Você não. Tinha todo um mundo a contestar. Passou por maluca. Era o que todos achavam, de você — maluca, avoada. Casou, ainda para contestar, com uma pessoa inteiramente fora do contexto. Não podia dar certo, porque você ainda não tinha saído do contexto. Teve a coragem de romper e aí ficou sozinha de vez. Sozinha e sem dinheiro, o que é mais importante. Sem nenhum preparo para trabalhar. Ficou, então, provado o que toda aquela gente já pensava — que você era maluca. Até mamãe, que gostava de você, ficou horrorizada. Rompendo o casamento, você rompeu com o contexto. Mas não de todo. Sem ter dinheiro, ficou morando em casa de seus pais. Não deve ter sido mole. Agüentou. Arranjou um emprego que nada tinha a ver com você. Agüentou. Lidou com toda a espécie de gente. Agüentou. Arreganhou os dentes e não se deixou engolir. Educou os filhos dentro dos seus próprios valores. A neurose mineira não atingiu a nenhum deles. Hoje em dia, só você mesma se chama de maluca. A família não tem mais coragem. Sua mãe, quando você se desquitou, dizia que era largada de marido. Duvido que ela ainda fale assim. Eles ainda te chamam de maluca?

Rachel. — Eu me chamo. Quando escrevi esse livro, fiquei muito perturbada. Eu passei a vida contestando, mas amava tanto aquela gente que fui obrigada a ressuscitá-los. Em vida, eles nunca perceberam a espécie de amor que eu sentia por eles. Foi preciso ressuscitá-los para gritar isso. Um dia, me vi deitada na minha grave cama, cercada de fantasmas por todos os lados. Não foi fácil enfrentar aqueles fantasmas todos, sobretudo os gordos. A impressão que tinha era que os vivos eram eles e a morta eu, tão vivos me pareciam. A vontade que tive foi fechar os olhos e morrer com eles.

Laura. — Qual Rachel, você não morre não. Você é dura. Agüentou os fantasmas e agüentou o mergulho em si mesma. É muita resistência! O meu mergulho foi no sofá, com analista ao lado. Pois sim que eu agüentava sozinha!

Rachel. — Laura, sua família vai ficar muito danada comigo. Não sei se eu tinha o direito de fazer deles personagens.

Laura. — Minha filha, eles nasceram personagens. Eu já tinha combinado com duas amigas, que estudaram Psicologia e Sociologia para fazermos um estudo sobre a família. Não vai ser preciso, você fez primeiro. E acho que deve fazer outro livro contando o que aconteceu com a geração nova. Eles desestruturaram tudo, foi uma loucura. Entrou de tudo na família. Do catolicismo passaram ao comunismo, foram presos por subversão, aconteceu o diabo.

Rachel. — E como a família se comportou?

Laura. — Polidamente, como diria você. Disseram que tinham sido enviados agentes de Moscou para desagregar a família brasileira. Com isso ficaram imunes. Depois, foram morrendo. Aquela família acabou!...

Rachel. — Gozado, Laura, isso não me deixa feliz. Estava acostumada com eles. Foram tão importantes, pareciam tão indestrutíveis. Mas pelo que me está contando, acabaram antes de morrer. Vai ser triste voltar a Juiz de Fora e ver as casas em que viviam, abandonadas, outras pessoas vivendo nelas. Lembra-se do chalé de janelas verdes? Não posso imaginar outra espécie de gente morando nele.

Laura. — É triste, mas era necessário. Ninguém estava mais disposto a dar a pele, a se consumir, como você fez, como eu fiz, para que aquele mundo continuasse de pé. Você contestava, mas não rompia. E com isso se arrebentava. Ninguém estava mais disposto a se arrebentar, filha.

Rachel. — Mas eu acho que, de certa forma, não se pode abandonar as raízes. Temos que conhecê-las para nos conhecermos. Mergulhar nelas antes de romper com elas.

Laura. — Isso eu também acho. E, de certa forma, foi o que você fez nesse livro. Ele vai ser importantíssimo para os nossos filhos. Vão entender, inclusive, o nosso comportamento diante deles, a ambivalência que queremos evitar, mas nem sempre é possível.

Rachel. — Laura, eu não sei o que foi mais sofrido. Se a nossa reação sub-reptícia ou a deles às claras. A nossa não-tomada de posição ou a tomada de posição deles. O processo que usaram foi mais eficaz, mas talvez tenha sido menos doloroso para com eles próprios. Acho que foi uma questão de instinto de sobrevivência. Ou berravam ou estavam liquidados. Mas de uma coisa estou certa — eles não podem renegar as suas próprias raízes. Têm que encará-las, conhecer os personagens, ver o que vão colocar no lugar deles. Evidentemente, não vão sentir por eles aquela espécie de amor desesperado que eu sentia. Mas é preciso que os vejam, emergindo da eternidade ou do nada, onde estão instalados. Eles tinham a sua grandeza, a sua coerência. E como você diz, agüentaram a derrocada, de pé, "polidamente". Foram umas figuras!... Vamos ver o que ficará no lugar deles. Eu preferia morrer a renegá-los.

Laura. — Você está louca para ir para o túmulo com eles. Quase te impediram de viver, mas está aí, agarrada a eles. Sobreviveu a eles, graças a Deus!

Rachel. — Sabe de uma coisa, Laura? Acho que eles foram o que existiu para mim de essencial na vida. No fundo, é deles que tiro a minha força. Mas olhe, quem você me disse que ia se casar, amanhã, na sua família?

Laura. — Ah, é a Júlia, filha de Maria, minha. irmã, com o Guilherme, filho de Helena, irmã de Joaquim. Eu sou a madrinha.

Rachel. — É, Laura, neurose mineira não tem recuperação.

Este livro foi impresso nas oficinas da
Distribuidora Record de Serviços de Imprensa S.A.
Rua Argentina, 171 — Rio de Janeiro, RJ
para a
Editora José Olympio Ltda.
em abril de 2003

*

71º aniversário desta Casa de livros, fundada em 29.11.1931

Seja um Leitor Preferencial José Olympio
e receba informações sobre nossos lançamentos.
Escreva para
Editora José Olympio
Rua Argentina, 171 – 1º andar
Rio de Janeiro, RJ – 20921-380
dando seu nome e endereço
e tenha acesso a nossas ofertas especiais.

Válido somente no Brasil.